JN213400

青山エリ

Eri Aoyama

あなたの四月を知らないから

朝日新聞出版

あなたの四月を知らないから

目次

大阪城は五センチ　5
ゼログラムの花束　149

大阪城は五センチ

脱いでいた服を身につけた後は、宇治《うじ》のそばにいる資格をすっかり剝奪《はくだつ》されたような気持ちになる。

バスルームに水の音が響くのを聞きながら鏡台の前に立ち、クリーニングしたてのスラックスをしっかり引き上げ、新品のセーターの裾《すそ》を整えた。申し訳程度に眉を描《か》き足し、色付きの薬用リップを塗っただけのささやかな顔が、鏡の中から心配そうにこちらを見つめ返してくる。励ますようにショルダータイプのスマホケースを肩から掛け、カバーの内側に挟んである一枚のカードに、ケース越しに手を当てた。自分の顔と小さく頷き合い、ついでに歯を剝きだして、前歯にリップがついていないことを確かめる。

正月価格で跳ね上げられた大人二名分の宿泊料金に怯《ひる》みながらも、一周年だからと奮発して、今日は大阪城の見える部屋を取ったのだった。

窓のそばに置かれた椅子に掛け、ずっしりと垂れるカーテンの割れ目に指を差し入れる。そっと開いて顔を寄せると、朝から鉛色《なまり》に撓《たわ》んでいた空の底がとうとう抜けて、いちめんぶちまけられるように白い雪が降っていた。広大な都市公園の歩道に、堀を囲う木々に、ホテルの際を流れる川面以外すべてにうすく雪が積もり始めている。

大阪城が雪に霞んでいるのを見てほんの少しがっかりしながら、手のひら一つ分カーテンを開いた。日の翳《かげ》り始めた冬の街には、風も強く吹いているらしい。五百円硬貨ほどのかたまりになった雪が激しく吹き流れていくのを眺めながら、この中を宇治がさむざむと駅に向かうさまを想像したら気の毒になり、「帰らせたくないなぁ」と独り言《ご》ちてはっとした。

「今のは延長したいって意味じゃなくて」

言いながらあわてて振り返ると、片方のベッドだけを乱したツインルームの向こうで扉が開き、きょとんと微笑んだ宇治が顔を出した。

「うわ、めっちゃ雪ふってるやん」

はしゃいだ声が部屋に響き、水滴のところどころ拭《ぬぐ》い切られていないまま宇治が走り寄ってくる。聞こえなかったのか、それとも聞き流してくれたのか。うろたえて体がこわばりそうになったけれど、緊張していることがバレてしまうと、それを解くのが仕事である宇治に余計な気を遣わせてしまう。努めて平静を装いながら笑み返し、外の景色がよく見えるよう、カーテンをさらに開いてみる。

「これ積もるやつやで」

上背《うわぜい》のある細い体にパンツだけきちんと身に着けて、嬉しそうに宇治が言う。窓外を無邪気に見晴らす姿を見上げながら、

（上等な子やなぁ）

嚙み締めるように思い、面長《おもなが》のやさしい横顔を見つめた。宇治の顔は、マレーバクによく似ている。

「吹雪《ふぶ》きやん。すご。外堀《そとぼり》らへんから向こう、何《なん》ッも見えへん」

「ふり始めんのは夜って、天気予報で言ってたのに」

「なんかいつもと違う街って感じ。おれ雪だいすき」

「なんで雪ふると景色が灰色っぽくなるんやろ。全体的に色が薄くなるかんじせえへん？」

「うん確かに。白黒テレビみたいや。ユヅルさんなつかしいやろ？」

「カラーテレビです、生まれたときから」

甘やかなもので胸をいっぱいにしながら反論する。歳の差をからかわれたのに、かえって宇治の近くに引き寄せてもらったような、恍惚《こうこつ》とした気持ちになっている。よろこんでいるのがきちんと伝わったのだろう、振り返って笑う宇治の顔が満足そうだったので、わたしのほうも安堵して椅子に深く掛け直した。

マッサージで使ったバスタオルをたたんで脇に寄せ、ベッドを簡単に整えた宇治が、バーコーナーでお茶を淹《い》れるさまを見物する。

宇治が姿勢よく紅茶の封をきって、ゴミをきちんとゴミ箱に捨てるのを見るのはたのしい。湯の沸いた電気ケトルのスイッチを真顔で切り替えていた宇治が、その操作が無用であることに気づいてケトルを傾け、はればれとカップに湯を注《そそ》ぎ始めるのを見るのはたのしい。

両手にそろいのマグカップを持って宇治がこちらに戻ってくると、寝そべらされていたときよりもよっぽど、体のすみずみまで潤《うる》んでいくような心持ちになった。差し出されて手を伸ばし、受け取ったカップにくちびるをつける。猛々《たけだけ》しいアールグレイの湯気が、勢いよく押し寄せる。

宇治と月にいちど、二時間会うようになって、一年が経つ。

予約は女性向け風俗のアプリから取る。夜の時間帯にサービスを受けるのはいかにもという感じがして何となく恥ずかしく、若くて身綺麗な女性客が利用しているような気もして腰が引けてしまうので、予約はいつも日中を選んで取っている。店舗は構えられておらず、施術は客の指定したホテルで受けることになっている。

セラピストと呼ばれる男性キャストたちのプロフィールページを見てみると、宇治の顔には磨硝子《すりがらす》のモザイクがかけられていて、わたしよりも十歳下、二十九だと書かれている。さだかではないけれど、さだかなものをわたしが知る権利はない。宇治の本当の歳も、連絡先も、家も、名前も、さだかなものは何も知らない。知らないから、わたしたちには最初から、隔《へだ》たりのようなものも無い。

関係を構築するために必要な工程を全て飛び越えて、世界から遮断《しゃだん》された一室で宇治とふたり、昔からずっとそうしてきたような顔をしてのどかにお茶を飲むのはたのしい。正面に見える大阪城ホールの平たい屋根の、天守閣と同じやわらかなみどりいろが、刻々と白に覆《おお》われまだらに沈められていく。息を吹き吹き紅茶を飲んでいた宇治が、ふと雪景色から視線をこちらにうつした。

「あ、そういえば。こないだユヅルさんが教えてくれた辛辛魚《からからうお》のカップラーメン食べたで」

「ほんま？　辛かったやろ」

「めっちゃ辛かった。最高」

「わたしは、あかんかったわ。あれは具合悪くなる辛さ」

「後入れの辛い粉、どんくらい入《い》れた？」

「入れてへん。入れんでも充分辛いやん」

「入れな。全部入れな」

「無理やって、さすがに食べれんくなる」

「その壁を越えていくのがたまらんねん。激辛食うのって、ほとんどスポーツやもん」

「なんやそれ。意味がわからん」

笑いながら、しがみつくようにマグカップを握りしめる。

辛い物が好きだと宇治が言うので、普段は買わない激辛のカップラーメンを食べてみたのだった。わたしの薦めたものを、宇治が選んで買って食べたのだと思うとほんの少し気が大きくなって、

「じゃあ次は全部入れるわ。食べれんかったら、宇治が食べてや」

精一杯冗談めかして言ってみると「食うよ、ぜんぜん食うたる」あっさりと明るく返された。この時間がいちばんいい。ほとんど眩暈《めまい》を起こしながら思っていると、ようやく冷めたらしい紅茶を一息に飲み干して、宇治が立ち上がった。

「ああ美味しかった。ほな行くわ。ユヅルさん、今日もありがとう」

椅子に掛けたまま宇治に手厚く抱きしめられて、二時間の終わりは告げられる。くびすじからボディーソープのにおいのする熱が放たれているのを感じて、若い。

思いながら目を閉じた。宇治を抱きしめ返す勇気はない。

冷めた紅茶をちまちま傾け続けるわたしの横で、スーツにてきぱきと手足が通され、腕時計の留《と》め具の嚙み合う音が短く鳴った。セラピストは本職の合間を縫って、副業でやっているのだという。三が日明けの土曜が仕事始めになるのは、どんな職種なんだろう。考えながら、すっかり全身を整えた宇治を見送るため、マグカップを置いて立ち上がる。

「今年もよろしく。また連絡して」

ドアの前で温かく頭を撫でられると「うん、また連絡するわ」するりと次の約束が口からこぼれた。手を振り合いドアを閉める。鍵の自動で掛かる音が響くのを聞きながら「また、予約するわ」自分に言い聞かせるようにひっそり訂正して部屋に戻り、使っていない方のベッドに寝そべった。

最初からゴールに連れてきて、そこに住まわせ続けてくれるのが、セラピストという人たちなのだ。だからこの関係に変化や展開は必要ない。というより、そんな要素があってはいけない。恋をした人がするように関係を進ませていこうとすると、ゴールからふりだしに続く道を、逆走するより他《ほか》なくなってしまう。

高い枕に頭を埋《うず》めながら、白を基調とした天井をぼんやり見上げる。自分の首回りから、宇治のまとっていたものよりも温度の低い、サボンの香りが漂ってくる。バスルームで丁重《ていちよう》に洗われて、ベッドで背中やふくらはぎを正しくほぐされて、その後いいようにしてもらった体がまだじんわりと痺れていた。いつも冷えている足先にぽかぽかと熱がこもっている。寝そべったまま靴下を脱いで、ベッドの脇に放り落とす。

性欲の高まる排卵日に無事に深い満足を得て、あとは穏やかに晩年を送るような心持ちで、生理を待つばかりだった。風俗を利用してから生理を迎えるまでの期間は、何をしても太る上に肌荒れもするので、気の向くままに不摂生《ふせっせい》をして伸びやかに過ごすと決めている。

前触れなく強烈な空腹を覚えて、ベッドから起き上がった。

チェックイン前にコンビニで買ったビールとミミガーを冷蔵庫から取り出し、中身の入ったマグカップがひとつ残されたサイドテーブルに並べ置く。椅子に座り、あぐらをかこうとしたらスラックスが突っ張ってじゃまくさい。その場で脱ぎ、ついでにセーターも脱いで、部屋に用意されている浴衣に着替えた。

今度こそ椅子の上であぐらをかき、脱ぎ散らかした服を横目にビールのプルタブを引き上げる。

淡い水色のセーターは、先月の生理が明けた頃に、梅田で買ったものだった。ファッションセンスに自信がないので、宇治に会う日はせめて清潔なものを身につけようとユニクロに行き、なるべく高くて上質なものを購入するのが習慣になっている。同じ日に白髪を染め直すとすっかり気分が高揚《こうよう》して、そこからの一週間は別人のように食事や美容に気を使うターンとなる。ときめきながら早寝に努め、ビタミンやコラーゲンのサプリメントを見境なく飲み、満を持して排卵する頃ちょうど予約日がやってくる。

なんか、心というか、ホルモンサイクルを奪われてるかんじ。

思いながら箸を割り、ミミガーをつまんだところで肩から下げていたスマホが震えた。カバーを開き、ディスプレイに表示された名前を確認してカバーを閉じ、何ごともなかったかのようにミミガーを口に放り込む。知らんふりを決め込んでビールを流し込んだけれど、ごくごくと半分飲み干してもまだ、スマホはしつこく唸り続けていた。

「なんやねんな」

呟きながら仕方なく缶を置き、通話ボタンをタップする。


「あんたライン見てへんやろ。おすすめ物件送ったのに」

電話に出ると、興奮した母の声があまりによく通るので、耳にあてたスマホを少し離した。テレビに推しの俳優が出てきたときと同じ、甘酸っぱい顔をしているにちがいない。スマホの音量を、ふたつ下げる。

「おすすめしていらんわ。あと、既読つかへんくらいで電話せんとって」

「だって楽しみやんか。はよ買ってよ」

「マンガの新刊出たときみたいなノリで言うやん」

「こないだ由鶴《ゆづる》が帰ってからずっと、おとうさんと家探してんねん。ジム付きのタワーマンもあるんやな」

「タワマンな」

「窓に沿って自転車がこう、ビャビャッて並べられてる写真見たわ。ええなぁ。おかあさんも夜景眺めながら自転車こぎたいわぁ」

「今日の夜にでもチャリでそのへん走り回ってきたら」

言い渡しながら目線をあげると、半開きのカーテンからのぞく景色がいつの間にかしっかり暮れて、迷惑そうに歪ませた自分の顔が窓ガラスに映っていた。若い印象のかけらもない、堂々たる中年の表情にハッとしながらも（老けたな）と正直に認めてカーテンを閉め、肩から掛けていたストラップを外す。

スピーカーモードにしたスマホをテーブルに置くと、四角い端末がやいやいと一人で喋りだした。バグの起こったSiriだと思えば微笑ましい。おだやかな気持ちでビールの続きを飲み始めると、放置されたことを察知したのか、母の声のトーンが急に下がった。

「はぁ、あんた家探す気ないやろ？」

「無いことも無い。そのうち探すよ」

「そのうちっていつよ」

「機が熟せば」

「なんやカッコつけて。とっくに熟しとるわ。腐りだすで一千万が」

「ねぇ、もうやめてや。貯金の話なんかせんかったらよかった」

「じれったいわぁ。代わりにお金使ってあげようか」

「なんでや」

「とにかく賃貸は今の家で最後にし。おすすめ物件、ちゃんとチェックするんやで。くれぐれもタワーマンで。ええとこ見つけたらまたラインで送るから。ほな」

テーブルに平置きしたスマホに通話終了の表示が浮かぶ。やれやれと椅子に深くもたれて缶をあおり、残りのビールを飲み干した。嵐のような母の着電のせいで、さっきまでの余韻が完膚《かんぷ》なきまでにかき消され、いまいましいくらいに食欲が増し始めている。

二本目のビールと一緒に、冷蔵庫から寿司も取り出した。

小袋に入ったガリや山葵《わさび》をトレーのふた裏に全部出し、少し離れたところに醤油の溜まりを小さく作る。粒のじゅくじゅくとへたったイクラの軍艦を食べ、やたら表面の艶めいたイカの握りを食べながら、憑き物が落ちたようにしんと横たわるスマホを見下ろした。

黒い画面の向こうに、嬉々としながら新築物件のページをスクロールする母の顔が見えるような気がする。面倒なことを教えてしまったと後悔しながら、赤色の羊羹《ようかん》みたいな様相《ようそう》をしたマグロの真ん中に、ほんのりと山葵をのせる。

ずっと黙って貯めていたのに、あの日はどうして、口をすべらせてしまったんだろう。貯金なんか無いだろうと決めつけた兄の得意げな顔つきに苛立ったのかもしれないし、そんな安い挑発にのってしまうほど、お酒を飲みすぎていたのかもしれない。飲みすぎたくなるくらい、あの家がわたしを淋しくさせたのかもしれない。静まりかえったツインルームでひとり、マグロ寿司の米に醬油を吸わせながら、元日の宴会を思い出す。

二世帯住宅が去年の秋に完成して、新しくなった生家《せいか》で迎える、初めての正月だった。木の香りに満ちた明るいリビングに、コマちゃんが張り切って調えた洋風のおせちがまぶしく、新築祝いで贈られたというモダンな白磁《はくじ》の酒器で屠蘇《とそ》を飲むと外国に来たような気持ちになった。人の長く暮らした家というのはたいてい、家とそこに暮らす人間で肩を組んですわりこんでいるような気配がある。けれど建て替えたばかりの生家からはその気配が消え失せていて、家のほうにも住人のほうにも手を伸ばし合うような素振りはなかった。

糸の抜けてしまった針でガーゼを縫い進んで行くような、浮ついた勇ましさを家族そろって空回《から》らせながら、あの日は各々《おのおの》、例年よりもお酒を飲んだ。

ナオを昼寝させるために席を立ったコマちゃんが「ああさむいさむい」と言いながら台所に寝そべり、ここも床暖房なんですと自慢した。次に見たときには親子で仲良く眠っていたので上から布団をかけてやると、自分の妻と娘が台所で爆睡していることには目もくれず、飲みさしのグラスをふたつもみっつも目の前に並べた兄が、指に海老の頭をかぶせていた。すっかり甲殻を装着した右手で器用に祝い箸を持ち、「まめ取れた」と誇らしげに黒豆を見せびらかし始めた息子のことなど一切眼中にない様子で、父と母は顔だけでなく鎖骨まわりまで赤くして、わたしが土産で買った豚まんをおいしそうに食べていた。

「次は由鶴やね」

口いっぱいに豚まんを頬張りながら上機嫌で言われて、

「その話題もうええって。わたし今年四十やで。今世《こんせ》では結婚せえへんかも」

へらへらしながら返事をすると、母の目つきが正気じみた。

「ちゃうわ、家の話よ。今年四十やろ？　遅かれ早かれ買うことになんねんから、いつまでも賃貸でぐずぐず家賃払ってるのアホみたいやんか。もう今年買っとき」

「えぇぇ急やな。賃貸、気楽でええやん。別に家にこだわりないし、住めたら何でもええねんけど」

「今はな。歳とったら、あんたが何でもいいって言ったとこで、誰も貸してくれへんかもよ」

「怖《こわ》。めっちゃ脅すやん」

「所帯持ってへんのは気にならんけど、家持ってへんのは気になるタイプやねん」

「下世話な特質やな」

「とりあえず買ってや。安心するやん。この先結婚して十児の母になる運命やったとしても家だけは買っといて」

「いや、四十過ぎて十児の母になる数奇な運命やったら、家買うよりユーチューブ始めるわ。情熱大陸みたいなドキュメンタリーっぽいやつ」

「なんやそれ。誰が見んねんな。視聴者ゼロ」

「おい、ユヅー。おかんの言うこと聞いといたら。だってほら。小姑《こじゅうと》が帰る家は、もう無いねんで」

　母との会話にとつぜん横やりを入れられたので隣を見ると、しっかり酔いの回った顔で兄がくつくつと笑っている。家は無いと言われて眉間がカッと熱くなり、

「言われんでも、買いたなったら買うし」

　挑むように言うと、海老をはめた指がゆらゆらとこちらに向けられた。

「買いたくてもユヅのことやから、貯金とかろくにしてへんのちゃう」

「してるわ。ひとの顔、海老で指すのやめてくれる」

「へえ、いくら？」

「……いくらって。一千万、くらい」

「うっっっそやん、あんたが？」

「まじでぇ、やるやん。タワマンとか買えば？」

「え、なにまん？　お兄ちゃん今何《なん》て言うた？」

「おかん、食いもんの話ちゃうで」

「タワマンなんか、いくらすると思ってんの。買えるわけないやん。ふたりともあほちゃう」

「ねえ、なによ、たわまん」

「あぁ、はいはい。タワーマンションのこと。すごいでぇ、マンションの中に住居者のツレが泊まれるゲストルームとかあんねん。ユヅが買《こ》うたら、おれら、ホテルみたいな部屋に千円とかで泊まれるで」

「安ッ。おかあさんそこに泊まりたいわぁ。ええやないの由鶴、たわまんで決まり」

嬉しそうにはしゃぐ母のくちびるのふちに、最初から最後まで、黄色い芥子《からし》がついていた。終始黙って話を聞いていた父が、不意に姿を消したと思ったらパソコンを抱え戻って来て、凛とした赤ら顔で調べ始めた住宅情報は北摂《ほくせつ》エリアのものばかりだったらしく「やめときって。お上品すぎてユヅには合わへん」横からパソコンをのぞいた兄が盛大に吹き出して笑っていた。

昔は無かった天窓から、ばかみたいに陽が降り注いでいた。コマちゃんがむくりと起き上がって「のどかわいた」と呻《うめ》いた台所の奥、わたしの部屋だった二階の西には、風呂と脱衣所があるのだと言う。一千万、と挑むように答えた口にみるみる淋しさが漲《みなぎ》った。やわらかいものが恋しくなったので押し付けるように豚まんをかじり、異邦人《いほうじん》と成り果てた生家のリビングで、わたしは豪快な玉ねぎの匂いもろとも、噛んだものを飲み下したのだった。

「家、かぁ」

無意識に呟いた声が、反響しないままツインルームの壁に吸い込まれる。

マグロ寿司を口に運んで箸を置き、部屋を賑やかすためにテレビをつけた。リモコンの上から順にチャンネルを押してみたけれど、正月のせいなのか時間帯のせいなのか、めぼしい番組はひとつもない。結局すぐにテレビを切り、リモコンを置いて椅子にもたれ込むと、何とも言えない心細さが胸のうちに立ち込めた。

孤独や。

ぼやきながら、カーテンをちらりと開けてみる。街の中でそこだけ黒く塗りつぶされたような都市公園の木々の向こうで、ライトアップの時間を迎えた大阪城が、雪闇にくっきりと浮かび上がっていた。

数センチほどの天守閣に見惚《みと》れるうち、ウェブ上に突然現れるポップアップ広告みたいに、なぜか宇治のプロフィールページが思い出された。腰の付け根からうなじの方まで、甘やかな痺れが走り抜ける。姿勢を正して足を揃えながら、

「家、買……いたくないなぁ」

もそもそと言ってカーテンを閉じ、スマホケースの紐を手繰り寄せた。カバーを開き、内側に差し入れている、銀行のカードを引っ張り出す。エンボス加工で盛り上がった口座番号を、でこぼこと人差し指でなぞった。入社以来積み立て続けてきた預金残高のイメージが、いつものように少しずつ像を結んでいく。

想像の中で一万円札の束が少しずつ嵩《かさ》を増し、わたしの背を越えた後もすくすくと伸びて見上げるほどそびえ立つと、萎《しぼ》みかけていた体に息が吹き込まれ、指先までめきめきと張り満ちて、自分の生まれ持った形がきちんと取り戻されていくような気になるのだった。ふう、と体の力を抜き、カードを元あったように差し込んで、スマホケースを肩から掛ける。

四十を目前にして、わたしという人間にまっとうな自信をあたえてくれるのは、仕事でも家族でも自分自身の個性でもなく、もうすぐで一千万に届きそうな貯金だった。漠然《ばくぜん》と始めた預金は歳を重ねるごとに拠《よ》り所となり、特に宇治に会うようになってからは、分不相応《ぶんふそうおう》だと俯《うつむ》きそうになる自分を正当に奮い立たせるために、無くてはならないものとなっている。

この貯金が形あるものに変換されてしまったら、たとえそれが資産であったとしても、礎《いしずえ》を失くした気持ちになりかねない。貯め込んだものは貯め込んだまま、頼もしい七桁の数字の姿として、そばにありつづけて欲しいのだ。

つまり、わたしは家を買いたくないというより、預金残高を失いたくないいねんな。思いながら、ふたたび箸を手に取ったけれど、いつの間にか食欲は失せていた。冷やかしのようにガリだけを食べて、ビールも寿司もまとめて冷蔵庫に片付ける。Netflixでドラマの続きを見ようとベッドに寝転び、枕の高さを調整しながらスマホを開くと、多《た》部《べ》ちゃんからLINEが届いていた。

〈明けましておめでとうございます。明日なんじにしますか〉

絵文字もスタンプもほとんど使わない多部ちゃんのメッセージは、いつも簡潔で、それがかわいい。わたしからは新年を祝う無料スタンプを三種類ほど送りつけて、

〈十二時とか？〉

ハテナの部分を絵文字に変えて返信すると、OKAYと書かれた旗を振るうさぎのスタンプが返された。めずらしいと思ったけれど、新年最初のやりとりなので、気を遣ってくれたのかもしれない。嬉しい気持ちで、うさぎがサムズアップをするスタンプを送り返してLINEを閉じる。

多部ちゃんのコートはショッキングピンクなので、遠くからでも見つけやすい。

駅前の灰色じみた風景の中で、宝くじ売り場と同じくらい目立っている彼女に「多部ちゃーん」改札を出てすぐに声を掛けた。こちらに顔を向け、目を細めて睨《にら》みつけていた多部ちゃんが、わたしだと気付いて小さく跳ねて、胸の前で手をすばやく振る。

「あけましておめでとうございます」

「おめでとう多部ちゃん、休み何《なに》してた」

「生まれて初めて、デパ地下の初売りに行ってきました。ええお肉食べようと思って」

「買えた？」

「気付いたら八ツ橋とメロン買ってました」

「肉は」

「ありえへんくらい混んでて、自分が何の列に並んでんのか、何の整理券持ってんのか、途中から分からんくなるんですよ」

駅から出た他のひとたちと同じように、のそのそと神社へ流れていく。初詣に誘ってくれたのは多部ちゃんだった。わたしが参拝の習慣を持たないことを知って目を丸くした多部ちゃんが「正月って、お祭りのときより屋台出るんですよ。チャプチェとか回転焼きとか、冬に食べるほうが美味しいんですよ」諭すようにそう言って、「一緒に行きましょう」と予定を合わせてくれたのだ。

多部ちゃんとは五年の付き合いになる。

彼女が入社した当初は顔見知り程度の関係だったのが、五年前にわたしの部下として配属されてからは急速に仲を深め、今は映画を見るのも温泉に浸かるのも、多部ちゃんとばかり楽しんでいる。

去年の夏の終わり、わたしの誕生日には、瓦割り体験を贈ってくれた。

わたしはひと突きで八枚、多部ちゃんは九枚の瓦を割り、「十枚は割りたいところですね」と体験チケットを追加で買い、二度目は十二枚も割ってうれしそうだった。十年前なら、わたしも二枚目のチケットを買って、十枚超えを目指して瓦を叩き割りにかかったかもしれない。若い、という言葉を彼女が嫌がるので口には出さなかったけれど、割れ散らかる瓦を満足そうにスマホで撮る多部ちゃんは、まぶしくてかわいかった。

多部ちゃんは来月で、二十九歳になる。

誕生日に食べに行きたいと言っている、牡蠣やら白子やらが目一杯つめこまれた痛風《つうふう》鍋《なべ》の店は、そう言えばこの神社の近くだったと思い出す。歩いていたら見つけたのだと話していたけれど、こんなところに何の用事があったのだろう。

鳥居をくぐり、前を歩くひとたちの黒々とひしめく後頭部を眺めていてもつまらないので、屋台の横断幕を見て歩いた。

ジャガバター。ベビーカステラ。ボールスクイ。

カタカナばかりが並んだあとに、「どんぐりあめ」とひらがなが続いたので、なんとなく嬉しくなって、参拝を待つ人々の列から抜け出し飴を買った。

色とりどりの飴を、ほとんど押し付けるようにして多部ちゃんと分ける。三つずつ食べきったところで手水舎《ちょうずしゃ》についたので、見よう見まねで両手を清め、サイダーくさい口は特に清めて、本殿に続く階段をぞろぞろとのぼった。

「お参りのとき、自分の住所と名前も言うといいらしいですね」

「え。だれに言うの」

「かみさまに」

参拝の順番を次に控え、真面目な顔で多部ちゃんが言う。わたしたちの前で念入りに拝んでいた中年の夫婦が、ようやく顔を上げて列を抜けた。進み出てお賽銭を転がし、礼をして柏手《かしわで》を打つ。

かみさま、八木《やぎ》由鶴です。

言われた通りに自己紹介をし、胸の内に住所をつらつらと浮かべ終わると、ぼんやりとしてしまった。三十五を過ぎたあたりから、願いごとは年々、薄くなっている。叶わないことは願わなくなり、叶いそうなことのほとんどは、すでに叶ってしまったのだ。

靄《もや》がかる頭にさっきの夫婦の姿が浮かぶと、神前で呆けていることが後ろめたくなってきた。こっそり薄目を開けると、多部ちゃんも、その隣の家族も外国人も、皆眠るように拝んでいる。新しい年だからと神社に足を運び、長い列にこんこんと並んだ末に一体どんなことを願っているのか、訊いて回りたい気持ちに駆られた。叶わないことと叶うことだったら、どちらを願うのが神様の公式なのだろう。

微動だにしない人々から視線をそらし、もう一度目を瞑《つむ》る。うっかり宇治の顔が浮かんでしまったので、(かみさま。たまたま表示されてしまっただけで、願っているわけではありません) 心の中できちんと伝えて、照明を絞るように、まならの景色をゆっくりと暗闇に戻す。

参拝を済ませて、おみくじを引くと小吉だった。

恋愛は思い通りにならぬ、とある。転居はさわぐな、とある。パッとしないのでてきぱきと木に結ぶと、お神札《ふだ》売り場から多部ちゃんが戻ってきた。

「おみくじどうでした」

「小吉」

「パッとしないですね」

「待ち人来ず、やって。ざんねんやわ」

「ふぅんそうですか。由鶴さん、わたしに言《ゆ》わへんだけで、去年あたりからええ人いるような気がしないでもないですけど」

「……おらんて。そんな人おったら、クリスマスに女同士で蕎麦打ち体験とかせえへん」

「まぁそれもそうですね。あの蕎麦おいしかったですね」

「多部ちゃんはごちゃごちゃと何買《こ》うてきたん」

「おふだです。神棚と、玄関と、台所用とで三つ。あと破魔矢《はまや》も」

「どうしたん急に。誰かに呪われてんの」

訊きながら紙袋をのぞきこむと、羽子板ができそうなくらい、丈夫そうなお神札が入っていた。ささっている破魔矢もずいぶんと豪華そうに見える。売り場に張り出されている料金表を確かめると、他二枚のお神札も合わせて、合計二万円だった。倹約家であるのに珍しい。思っていると、真顔でうつむく多部ちゃんの、ものものしい顔から突然「もふっ」と笑い声が洩れた。

「由鶴さん、おどろかせていいですか」

「いいよ」

「わたし家買いました」

「え」

「二千五百万で買いました」

「ええっ、なに、ええ？」

「どうしよう、家買いましたって言うの、めっちゃ興奮する。んふぅ、もう一回言っていいですか、わたし家買いました」

「多部ちゃん、ちょっと待って、なんか動悸してきた。え、どこに買ったん」

「こっから歩いて五分のところです。来ませんか」

誘われて、後ろから頭をはたかれたように頷いた。にわかに吹き抜けた北風に身震いして顔を上げると、古札《ふるふだ》を焚《た》き上げる炎が大きくのけぞり、見ていた人たちが拍手をしている。泳いでいるひとの足首に巻きついたワカメのような、ゆらゆらと定まらない足取りで、案内されるまま家に向かう。

多部ちゃんの新居は、製氷器を立たせたような外観をした、十階建てのマンションだった。

すごい。すごい。と連呼しながらマンションのエントランスに入ると、大きな壺から南天《なんてん》が噴き出し、見上げる高さの竹が三本さされ、松は枝ごと生けられている。圧倒的な存在感を放つ正月の生け花を前に、

「これ写真撮ってもええかな」

とスマホを出すと、「わたしも昨日撮りました」と待ち受け画面を向けられた。写真は夜に撮ったものらしい。乳白色の光を三方向から浴びた生け花は神々しく、壁面に設置されたマンション銘板《めいばん》も、明かりの灯ることでさらに箔が付いて見える。少しでも豪華に映るよう奮闘しながら写真におさめ、多部ちゃんに見せると口元に子どもみたいな笑みが浮かんだ。オートロックが解除され、大人同士で肩車をしても入って行けそうな

巨大な扉が、ごうごうと左右に開かれる。

エレベーターホールに進むと、こちらはしっとりと小暗《おぐら》かった。

小ぶりではあれど正月の花がまたしても生けられ、香の焚かれた匂いまでする。屋台で買った焼きそばとたこ焼きの入ったビニール袋の口を、握るようにして持ち直した。ソースの匂いがなるべく漏れないように気を使いながら、真新しいエレベーターに乗る。

多部ちゃんの家は、四階の角部屋だった。

「先月の初めに母が来て、大晦日にトモリが来て、ふたりにも勧めたんですがじゃまくさいからいらん言われて、まだ新品です」

ぬいぐるみのようなユニコーンのスリッパを並べながら多部ちゃんが言う。冷えた足をスリッパにありがたく入れて、もこもこと廊下を進んだ。リビングに続く扉が開かれると、とってつけたような北欧風のインテリアで、部屋はさっぱりとまとめられている。多部ちゃんの一人住まいのアパートに所狭しと並んでいた、派手で奇抜な家具や家電は一掃《いっそう》されてしまったらしい。見知らぬ人の家に上がったような気持ちでリビングに足を踏み入れ、心もと無くなったので角の生えたスリッパに目を落とすと、たてがみの虹色が翳っている。ベランダに続く窓のしっかりと大きいわりに、部屋はずいぶんと青暗い。

多部ちゃんが電気をつける。

「北向きなんです。それでちょっと安かったんです」

暗いと思ったことを見透かされた気がして、どきっとしながら顔をあげた。カウンターキッチンの照明を脳天に浴びた多部ちゃんが、四角にくりぬかれた壁向こうから地縛霊みたいな顔色でこちらを見ている。

「めっちゃいい家」

いそいで声を掛けて、手を叩こうとしたけれどソース臭いビニール袋が邪魔だった。ダイニングテーブルの端に置かせてもらい、心を込めて拍手をする。

「おめでとう。圧巻やわ。ほんまに、おめでとう」

「ありがとうございます。由鶴さん、そこ座って」

「家のこと、なんで黙ってたん。さみしいやん」

「すいません。言わんとこうって思ってたわけじゃないんですよ。クリスマスに会《お》うたときも、ほんまは言うつもりやったんです。でも言えんくて。高い買いもんして、こわかったんです。ビールでいいですか」

頷いて着席すると、膨らみかけた半月が描かれたビールの缶と、ガラスの薄いコップが並べられた。ようやく多部ちゃんの家であることが感じられて、こっそりと安堵する。よなよなエールは昔から冷蔵庫に常備されている、トモリくんの好きな銘柄だった。トモリくんには、何度か会ったことがある。小柄で人懐こくてお酒をよく飲む。多部ちゃんとは、学生時代からの付き合いだと聞いている。

「トモリくん、家見て腰抜かしたんちゃう？」

「近未来やハイテクノロジーや、言うて、家じゅうのボタン押して回ってました」

笑いながら言って、多部ちゃんが大きな音を立ててプルタブを起こした。コップに注《そそ》がれた琥珀《こはく》色のビールに、固く細《こま》やかな泡が立つ。お酒を一切飲まないのに、多部ちゃんはわたしよりもよっぽど上手にビールを注《つ》ぐ。

同じ形のコップに麦茶が注がれるのを待って、「新築にカンパイ」ささやかにガラス同士を触れ合わせると、くつろいだ笑顔が返ってきた。

思えば、二十代で家を買うと、多部ちゃんは初めから宣言していた。経済的に不安定な環境で育ったのだと言う。十六歳のときにはすでに、購入の計画をたてていたらしい。授業料を抑えるため国立大学へ進学し、給与よりも家賃補助の福利厚生を重視して就職した後は、倹約して頭金の貯蓄に努め、住宅ローンの説明会に足繁く通って、粛々とそのときに備えていた。

いつかトモリくんと三人で飲んだ席で、「僕のほうはずっと同棲を希望してるんですけど」と苦笑いで聞かされたことがある。

後日、トモリくんとの結婚は真剣に考えていると多部ちゃんが漏らしたので「じゃあ家はふたりで買えばいいやん」とわたしが言うと、それはまた別の話なのだと即答され、よく分からないけれど多部ちゃんはえらいと思ったのだった。

「この薄いコップ、ええなぁ。ビールがおいしく感じる」

「新築祝いで母から。うすはりって言うらしいです」

「家買って、おかあさん喜んではるやろ」

「逆です。ひとりでローンを払いきれるんか心配みたい。結婚出産のときはどうするん、とかなんとか」

「多部ちゃんなら上手いこと行くよ。頑張って」

「ううん由鶴さん、わたしもう頑張りませんよ。ローンは払いますけど」

「え」

「家買って、やっと自分の人生を、自分のやりたいように始められる気分なんです」

麦茶のコップを置いて、多部ちゃんがビニール袋から焼きそばを出す。皿いりますか、と訊かれて首を振り、たこ焼きのパックを引き寄せ輪ゴムを外した。一膳ずつ手に取った割り箸を、ほとんど同時に音を立てて割る。

「未来を描《えが》く、ってよく言うじゃないですか。あれ、ほんまに描こうと思ったら鉛筆と紙がいるでしょ。わたし、家って、紙みたいなもんやと思うんです。紙が無かったら、どんだけ頑張って描こうと思っても、鉛筆、って言うか書くもんが空中でうろうろすると言うか」

注意深く言葉を選びながら話す多部ちゃんの声が、いつもより少しだけ高い。緊張しているのだと分かって、わたしのほうも箸を持つ手が固まった。きちんと聞いていることが伝わるよう、大真面目に相槌《あいづち》を打つ。

「紙以外のものに描ける人はいてると思います。でもそれは特別な人やと思います。わたしみたいな普通の人間が、紙も渡されんとただ『自由に描け』言われても、鉛筆の使い道が無いんです。それに、そういうこと平気で言ってくる人ってだいたい、生まれたときから紙を持ってるんですよ。わたしの『描《か》けへん』と、紙を持ってる人の『描《か》けへん』は、言葉は同じでも意味が違うんです」

多部ちゃんが箸を伸ばしてたこ焼きを取り、視線をパックに落としたまま口に運んでむしゃむしゃと食べた。同じ動作を行ったほうがいいような気がして隣のたこ焼きを箸でつまみ、多部ちゃんを見つめながら、ゆっくりと嚙みしめる。

「書くもんは持ってんねんから、わたしやって描《えが》きたいんです。子どもの頃から紙がほしくて、ほしくて、ずっと走ってきて、ようやっと立ち止まれました。鉛筆の先が紙の上にさわってるのが分かるんです。家買うのこわかったけど、生まれて初めて、いまホッとしてます。自分が何を描きたいんか、ようやっと、考え始められるんです」

多部ちゃんが顔を上げて、こそばゆそうに口を結んだ。ほんまに、おめでとう。ほとんど無意識に呟くと、嬉しそうに二つ目のたこ焼きを頰張りながら、

「そうや。林檎もあるんです」

もごもごと言って、多部ちゃんが席を立った。

カウンターキッチンの向こうから、林檎の丸く剝かれていく、さりさりとなめらかな音がする。

コップのビールを飲み干して、所在なく窓に目を向けた。風は吹き込みにくいのか、まっさらな物干しに掛けられた洗濯物は、どれも死んでしまったように大人しい。清潔

な木材とビニールとゴムの入りまじった、むせかえるような新築の匂いを嗅ぎながら冬晴れの空を眺める。

「由鶴さん見て」

呼ばれたので、振り返った。手招かれるままキッチンに行くと、シンクでとぐろを巻く林檎の皮と三角に切り落とされた種部分を、多部ちゃんが排水溝にかき集めている。ふたをすると、モーター音がし始めた。水道の水を流し「三十秒です」と多部ちゃんが言うので、よく分からないまま頷いて、胸の中で数をかぞえてみる。
二十八、と思ったところで音が止《や》んだ。
水をとめ、ふたを開けると皮と種が消えている。え。思わず声を漏らすと、静かに興奮した顔で、多部ちゃんがわたしを見た。

「ディスポーザーです」

「すごい」

「生ごみを粉砕《ふんさい》して、流してくれるんです。貝殻もいけます」

「へえぇ、すごい」

さっと手を洗った多部ちゃんが、まな板に並んだ林檎を食べ始めた。どうぞ。勧められるまま、わたしも手づかみで林檎を取る。真新しいシンクを見下ろしながら、立ったまま黙々、蜜のたっぷりと染みた林檎をふたりでかじった。

「おいしい林檎やな」

「長野のです」

ふたくちで食べ切った多部ちゃんが、まな板のかげに落ちていた、三角の切れ端をつまみ上げる。わたしが排水溝のふたを開けてみると、すぐに切れ端は放り込まれ、蛇口から水が流された。

サラダ油だけがポンと置かれた殺風景なコンロの横に、箱の封が切られた八ツ橋があるのが目に入る。八ツ橋と一緒に買ったメロンは、ひとりで食べたんだろうか。贅沢に切り分けた、よなよなエールの月みたいに幅広いメロンの皮を、多部ちゃんはひとりディスポーザーに押し込んだんだろうか。

排水溝のふたを閉める。身じろぎもせず、林檎の切り刻まれてゆく音に、ふたりで耳をかたむける。

地下鉄に乗り換えると、さっきまで乗っていた電車の混雑ぶりが嘘みたいに空《す》いていた。

鼻の付け根にほんのりと酔いを宿らせながら、誰も座っていないロングシートの端に掛けてスマホを出す。多部ちゃんからLINEが来ていたので開くと、

〈また忘れてますよ。笑　明日持って行きますね〉

というメッセージと一緒に、トイレの床に丸まって放置された衣類の写真が添えられていた。飲んでいるうちに暑くなり、ワイドパンツの下に穿《は》いていたヒートテックのレギンスを脱ぎたい衝動に駆られたことを思い出す。慌ててズボンの裾を捲《まく》って見ると靴下しか穿いていなかった。申し訳ない気持ちでLINEスタンプの一覧を開き、ハムスターが土下座しているイラストを送信する。

仕事始めを明日に控えながら、多部ちゃんの新居にすっかり長居してしまったのだった。

焼きそばとたこ焼きをつまみつつ、今月末に予定されている展示会準備のスケジュールを派手に狂わせた他部署のミスを暴露すると、その他部署でカップルがひと組生まれてるらしいと多部ちゃんが含み笑いで言うので、仰天して盛り上がった。

ふたりとも多部ちゃんの同期だと言う。

「入社時から仲良かったから、このまま今年結婚するんちゃいますかね。この歳になると、どんどん周りが結婚し出しますね」

他人事みたいに感想を述べる多部ちゃんの口ぶりを思い出しながら、スマホのホーム画面に戻り、時間を確認すると二十時を回っている。

正月休み最後の贅沢として、もう少しだけどこかで飲んでから帰りたい。検索画面に切り替えて、沿線で営業している店を探してみる。日本酒は元日に散々飲んだのでもういらない。大人しくハイボールにしようかと思いつつ、さっき飲んだばかりだけどクラフトビールも捨てがたい。

とりとめなく目星をつけては店舗の詳細ページに移ってみたけれど、年始休業ばかりだった。営業している店を探してスクロールしていると、画面を占拠するように現れたバナー広告が新築物件を紹介している。指を止め、煌《きら》びやかなマンションの外観写真をしばらく見つめて、遠慮がちにタップする。

ベランダからの眺望を売りにした、高台の物件らしかった。

街を見晴らす開放的なベランダは広く、ウッドデッキにはソファーやテーブルが体良《ていよ》く配置されている。マンション内には入居者専用のラウンジやフィットネスジムがあるらしい。共用の庭部分には人工の川が流れているらしい。ゴミドラム完備と謳《うた》われているけれど、これはディスポーザーのことだろうか。三百戸《こ》を超える家の間取りは2DKから4DKまであり、どの写真にも外国の美しい人々ばかりが写されている。あまりにファンタジーなページを閉じて、今度は不動産情報サイトを開き、会社の沿線を検索条件にして新築マンションを調べてみた。

価格と間取りと広さ以外に物件の違いは感じられず、画面を上へ上へと送るうちに、段々とそれらも大差ないものに見えてくる。ふと多部ちゃんの「紙」の話を思い出して、(生まれたときから持ってたもんを、途中で無くすパターンもあるみたいやで)

誰に言うでもなく心の中で呟いた。スマホケースに手のひらを当て、預金残高と同じ、七桁の口座番号を暗唱する。

口座は入社したての頃、同期の言葉に影響されて開設したものだった。

黒目がちの瞳がいつも力強く見開かれた、肌の綺麗な女の子だった。新入社員研修の休憩時間に、初任給の薄さをしつこく嘆《なげ》いていた別の同僚に対して、

「手取りのうち、六割で暮らして、二割で遊んで、残りの二割は別口座に貯金。ボーナスは三割だけ貯金に回して、残りは買ったり食べたり出かけたりして、ちゃんと使い尽

すねん。それで不幸やと思うんやったら、何かを買いかぶり過ぎてるってこと」

責めるでも嘲《あざけ》るでもなく、淡々と金《かね》捌《さば》きについて説く彼女の姿に陶酔《とうすい》して、巫女から神託《しんたく》を得たような高揚感で初めての給与を振り分けた。彼女は翌年に転職したけれど、いちど定められたお金の流れを変える理由は特にない。配分通りの生活をその後も送り続けた結果、手元に残されたお金を毎月使い切りながら過ごしていても、預金残高はひとりでに膨らんで行ったのだった。仕事では梲《うだつ》が上がらず恋人もできず、出産した友人たちとは一人また一人と疎遠になっていく中で、脈々と入金履歴が連ねられた銀行口座はわたしのアイデンティティになっていた。五百万を超えた頃には、「わたし」という人間ごと口座の中に保管しているような気持ちで、

自分のポテンシャルは、銀行口座の中で育ち続けてるんや。

そんなふうに思うと安堵したし、清潔な勇気が湧いた。同年代の女性と自分を比べ、あまりに自信を無くしたときには生活費の一部を預け入れることもある。だから貯金というより課金と言った方が相応《ふさわ》しいのかも知れない。お金を積み立てることはわたしにとって、「わたし」の育成ゲームみたいなものなのだ。

地下鉄が駅に着く。

向かいの席で眠っていたカップルが、突然そろって目を覚まし、何食わぬ顔で手をつなぎ合いながら降りて行くので反射神経に感心する。カップルの後ろ姿を見送って、電車が走り出してからもぼんやり正面の窓を眺めていると、トンネルに入ったところで自分の顔がガラスに映った。頬のうっすらと下がり始めた女の顔に覇気はなく、まるで本物の地縛霊のように見える。笑いを堪えて、目を逸らした。隣の車両からゆらりと移ってきた中年の男が、さっきまでカップルがいた席に座り、

「空《す》いとるなあ」

はきはきと独り言ちて、気持ちよさそうに目をつむる。ひらいた膝に行儀よく置かれた右手には、書店のレジ袋がにぎられている。男の横、ドアの近くで路線図と車内案内板を見比べる男の子たちは、中国語で表記された路線図を開いていた。背の高い方の子の後ろ姿がほんの少し宇治に似ているのを見て、来月の予約を入れようと思い立つ。自分のスマホに目を落とし、指でつついたけれども反応はない。いつの間にか充電が切れていたらしかった。地縛霊、ここにもおるやん。思ったけれど、今度はちっともおかしみが湧いて来ない。暗くなった画面に映る、力尽きたような自分の顔と見つめ合う。

あの日も、こんな顔をしていたのではないかと、唐突に思う。

一昨年《おととし》の師走、早い時間から兄と入った居酒屋で、

「実家、二世帯にするで。おれ赤ちゃんできてん」

ほろ酔いで楽しげに報告されて、齧《かじ》っていた厚揚げの汁を、わたしはだくだくと皿に垂らした。昔からお金が貯まれば海外を放浪したがるたちで、コマちゃんと籍を入れたあとも兄は定期的に日本から姿を消していた。その年の正月も、親戚の集まりにひとりで現れたコマちゃんが、

「クリスマス過ぎたあたりから家に帰ってこーへんなと思ってたら、いまリペ島にいます、ってライン来ました」

うんざりした顔で母に言いつけ、ものすごい早さで燗を空けているのを見たところだったのだ。愛想を尽かされるのも時間の問題だと思い、離婚した兄と未婚のわたしと歳をとった両親と、昔と同じようにまた四人で住まう風景を思い浮かべてみたりした正月だった。とつぜん降って湧いた「二世帯」と「赤ちゃん」という言葉に横っ面を殴られたような気持ちのまま、わたしはおしぼりで口を拭って、

「すごいやん」

のろける兄に思いつく限りの賛辞を贈り、いつもよりも深く酒を飲んだ。兄が酔い潰

れたのでタクシーに押し込み、

「ほなね。ほんまおめでと」

「あけましておめでと」

「それは来月言うやつや」

「飲むでぇユヅ、正月も」

陽気に肩を叩き合って別れるとまだ十八時になったばかりで、街の喧騒が健全であることが、その健全の中でひとり、理由もなく芯から酔った状態で大通り沿いに突っ立っていることが、身の内に強烈な淋しさを呼び起こした。

くちびるを固く結び、千鳥足でいさましく街を歩いた。

タクシーと反対方向に大通りをずんずんと進み、駅を越えて川を渡ってからも、真っ直ぐにわたしは歩き続けた。淋しいのでお金を使いたいと思った。せめてお金を使って、まるでハレの日のような豪華な思いでもしなければ、生まれてきたことが虚しくなってしまうと思った。

それであの日は、普段なら気後れして入ることのない、五つ星ホテルの展望ラウンジを訪れたのだ。

窓際の席に案内されると、淡い夜景の中でひときわ、大阪城がひかっていた。季節限定だと勧められた甘いお酒を飲みながら、くっきりと夜に白む大阪城を見つめて、自分はあと何年生きなければいけないのだろうと思った。あと何年、生きていることの意味を、自問しなければいけないのだろうと思うと淋しさがぐらぐらと温度を上げて、気づいたときには取り返しがつかないほど欲情してしまっていた。

スマホを取り出し、「風俗」と検索をかけた。

男に向けたものばかりが検索に上がってくるので「女」という言葉を足し、ようやく見つけた女性向け風俗のウェブサイトにアクセスすると、料金も利用方法も確認しないまま、わたしはすぐに電話をかけた。

はじめてなので、しんせつなひとがいいです。

電話に出たスタッフに正直に伝えると、サービスの流れや利用ホテルについて丁寧に案内された。担当するセラピストをまずはラウンジに向かわせますと言われ、緊張しながら夜景を凝視して待っていると、

こんばんは。

眠るこどもを揺り起こすような、やわらかな声がした。心臓を打ち狂わせながら恐る

恐る振り返った先で、姿勢よく立って微笑んでいた、初めてのセラピストが宇治だった。

「おねえちゃん、なにどし？」

回想に割り込むように、向かいのシートから楽しげに訊かれて顔をあげる。

相変わらず乗客の増える気配のない車両の中で、書店のレジ袋を持った男が目尻を下げて、わたしに笑いかけていた。ふくやかな頰や大きな耳が、大黒天を彷彿《ほうふつ》させるありがたい顔をしている。

「丑《うし》ですけど」

思わず素直に答えると、ごつごつと膨らんだ書店の袋を膝の上に引き上げた男が、中からだるまを取り出した。ゆでたまごほどの大きさの、陶器のだるまには黒ぶちの模様がほどこされて、つぶらな目の下には鼻輪が黄色く描かれている。ゆうゆうと立ち上がった男が差し出してくるので丑だるまを受け取ると、「アァーハッピーニューイヤァー」と吟《ぎん》じるように新年を祝われた。

地下鉄が駅に着く。

路線図を見ていた男の子たちが颯爽《さっそう》と降り、書店の袋を持った男も何食わぬ顔で降りていく。ドアが閉まったところで、ホームに見慣れない駅名が表記されているのが目に入り、電車を乗り間違えていることにようやく気づいた。馴染みのない駅から、さらに馴染みのない駅へ、淡々と地下を走っていく電車の中でスマホもだるまも鞄にしまう。

　次に着いた駅で降り立った。

　初めて降りるので駅周りの様子は分からないけれど、コンビニくらいあるだろう。階段をのぼり地上に出ると、片側二車線の平凡な通りに車はほとんど走っておらず、通りに点在する家以外の建物は見わたすかぎり閉まっていた。遠くにコンビニらしき明かりを見つけて歩いて行く。モバイルバッテリーを買ってすぐに、イートインコーナーでスマホに差し、電源が復活するのを待って女性向け風俗のアプリを立ち上げた。一刻を争うような気持ちで、セラピストへの連絡ページに移動して、

〈こんばんは〉

〈今日は初詣に行ってきました。おみくじは小吉〉

〈明日は仕事始めです〉

　そこまで打ったところで「ツイッターに書け。って言われそうな文やな」と自嘲《じちよう》して、いまはXか。付け足すように思いながら打ち込んだ文字を全て消す。

　予約自体はアプリのシステムを使って簡単に取ることが出来るけれど、機械的に指名

するのは失礼な気がして、予約を取る際にはいつもDMから宇治に一声かけるようにしていた。酔っているせいなのか、送る必要性が無いからなのか、DMの文面が今日は全く浮かばない。

かみさま。

暗闇に呼びかけるように思う。スマホを両手でにぎりしめながら店の外に目を向けると、どこにでもありそうな町並みが広がっていた。どこに行っても結局、同じような住宅が同じような調子で、雑多に立ち並んでいる。この中からどうやって自分だけの「家」を見つけられるんだろう。巡り合ったときには分かるものなんだろうか。大阪城みたいに、夜の中でそこだけ分かりやすく、光っていたりするんだろうか。コンビニの前の通りを、ときどき思い出したように車が通り抜けていく。ここどこやっけ。降りた駅の名前もすっかり忘れて頰杖をつく。

宇治に会いたい、と思った。

いまの自分には、それくらいしか願うことがない、とも思った。

女性向け風俗のアプリを閉じ、他にすることもないのでXを開いて流し見る。画面の上から下へ、指をすべらせる度に入れ替わるポストを眺めながら、会いたい。果てしなく表示される情報を次々に捨てて、ただ思う。

丑だるまの利益《りやく》だったのか、小吉のおみくじが当たったのかは分からない。

その願い事は思いがけない形で、ほどなく叶うことになる。


初めは、よく似ている人がいると思っただけだった。

人波の向こう、さまざまなステンレス容器が展示されたブースで、こちらに背を向けて同行者と談笑する男の佇《たたず》まいが好ましかったので目を引いた。

（宇治が現実にいたら、あんな感じかもしれん）

後ろ姿を見つめるうち自然と笑みが浮かび、顔のほうはどれくらい似ているのだろうと興味本位で眺めていると、振り返った顔がマレーバクによく似ている。

宇治だと分かって、見本品のディスプレイを整えていた指先から血の気がひいた。

企業向けに行われるフードビジネスの展示会に、わたしの会社は食品容器の部門で出展していたのだった。来場者の立場であるらしい宇治が、やたら体格のいい上司めいた男と連れ立って、こちらに向かって歩いてくる。メーカーの人間か。それとも卸《おろし》業者か。

年明けに施術を受けたのが土曜だったことを思い出し、あの日が仕事始めなのだったら

飲食業かもしれないと当たりをつけたところで、

「由鶴さん、ワイヤフーズさん来はった」

新規の顧客対応をしていた多部ちゃんに鋭く声を掛けられ、ハッとして振り返った。顔馴染みの担当者が、白髪混じりの立派な眉を八の字に下げて笑いながら、

「ヤギちゃんおつかれちゃん」

とタクシーを止めるときのような手つきで、こちらに向けた手のひらを振っている。付き合いの長い取引先の接客は、わたしの役目ということになっていた。すがるように先方に会釈をして、宇治に気づかれることのないよう、体の向きをしっかりと変える。

プラスチックや紙の代替《だいたい》として利用できる、循環型の新素材で作ったテイクアウト容器のシリーズが、今年度の新製品だった。

背後に気を取られながら、使用している新素材が製造工程においても環境保全に貢献していることや、耐水性や耐久性に優れていることを説明する。物珍しそうにランチボックスやパウチ状のドリンク袋を手に取っていた担当者は、けれど現状利用している製品よりコスト高であることを知ると、こちらをあやすような顔つきで微笑んで見本から手を引いた。価格に厳しいワイヤフーズが、今回のシリーズを使う見込みは初めから無

い。形式的に検討を促し、カタログを手渡して見送ると、

「あ。このドリンクパック、最初っから色がついてるんや」

すぐ後ろで知った声がしたので、心臓が跳ね上がった。咄嗟《とっさ》にカタログをもう一部手に取り、首掛けホルダーに入れた出展者のＩＤカードと名刺を隠すように胸に抱く。

「例えば、このドリンクパックの左半分だけに、お客様の販売される商品の色味と相性の良い色の印刷をかけるんです。これだけで既存商品の印象がファッション性のあるものに変わりますし、右半分は容器の底から口までドリンクが可視化されていますから、販売物についてお客様に誤認させてしまうこともありません」

多部ちゃんがちょうどドリンクパックの案内を行っていたので応対しているのかとも思ったけれど、

「これ良くないですか？」

「どこで使うねん」

「中崎町《なかざきちょう》の新店舗とかで」

案内と並行して宇治と同行者の会話も聞こえてきたので、彼女が応対中なのは別の客なのだと分かった。腹を括《くく》り、けれど名刺はカタログでしっかりと隠したまま振り返る。

宇治よりも手前に立っていた、スーツが隆起《りゅうき》するほど胸まわりに厚く筋肉のついた、大男と先に目が合う。

「そちらは春から販売予定のシリーズです。循環型の新素材を使用しているので、導入することで企業イメージにも貢献できる製品となっております」

精一杯の笑顔で声を掛けると、男の横で宇治が一瞬息を吞むのが見えた。宇治の方とは、怖くて目を合わせることはできない。わたしと歳の頃の同じくらいだろう大男だけを見上げて、マニュアル通りに製品説明を行った。

「ふぅん。持続可能なアレですね」

こなれた表情で相槌をうちながらドリンクパックに手を伸ばしかけ、けれど男はわたしの後方の混み合う通路に親しい人間の姿を見つけたらしく、

「カワベさん来てはったんですか」

破顔《はがん》して手を軽く上げ、ブースから離れてしまった。歩き去る男を途中まで目で追い、それからゆっくりと正面に向き直る。正月にホテルで見たのと同じ、チャコールグレーのスーツに藍色のネクタイをした宇治が、気まずそうな顔つきでわたしに頭を下げる。

「すみません、案内してくださってたのに。続き聞かせてもらってもいいですか」

聞き馴染みのあるトーンで丁寧に詫《わ》び、見慣れた笑みを浮かべる宇治と、その後ろで先行予約の手続きを進めているらしい多部ちゃんが、同じ視界にいることに混乱した。

「いえ、大丈夫です」

と答えている自分が一体どこに立っているのだか分からないまま、こちらも営業然とした笑顔を返す。わたしの、宇治の、目線がボールをつくようにほんの一瞬お互いの首掛けホルダーに落ちてすぐに戻る。宇治の方は来場者IDのみで名刺は入れておらず、本当の名前は分からない。胸に抱き続けているカタログを、さらに体に押し付ける。

「今日はエリアマネージャーと回ってて。そこにおるヒョロっとした子です、若く見えるでしょ。ええ奴なんですけど、原価意識低くて。その場の思いつきでやりたいことやってるだけなんで、数字の方は全然かな。カワベさんも絡むことあったら、バキバキに鍛えたってください」

わたしの斜め後ろで雑談をしている男の声が、人混みの中でもよく通った。宇治の耳も一言一句余さず拾ったのだろう。苦笑いしながらドリンクパックに目を移して「色って何色《なんしょく》展開なんですか？」と遠慮がちに訊いてくる。

「色はオーダーメイドです。色見本の中から選んで指定することもできますし、販売されるドリンク画像をいただけましたら、ＡＩが解析した相性の良い色をご提案することもできます」

ほとんど上の空で謳い文句をなぞると、並べている見本品の中から、いちばん印刷の凝っていて価格も高くつくドリンクパックを、宇治が迷いなく選び取った。

（数字のほうは、ほんまに、ぜんぜんかも知れんな）

自分の冴えない営業成績を棚に上げながら、大男の見立てにこっそりと賛同する。宇治がいつもよりもひとまわり小さく凡庸《ぼんよう》に映ることで、現実の人間としての輪郭が際立っていくようだった。ほんとうにいる人だったのだと思い、傷ついた。現実の宇治がいる場所から、現実の自分はあまりに遠い場所にいる。最初から、ほんとうには関係することができない人だったのだと、そのことを思い知らされて、着々と傷ついた。

ドリンクパックの口元のチャックを、よく知った指が左右に開く。

第二関節のあたりまで差し入れ、カラー印刷のかかった部分と半透明な部分を行き来し透け感を確かめていた指先が、容器の内側に触れてすっとなぞる。

「印刷の部分って、ドリンク入れたら見た目の色変わりそうですね」

半分ひとりごとのように呟いた宇治がこちらに顔を向けた瞬間、寒気《さむけ》のようなものが首元に走り、ぞくっと僅《わず》かに肩をすくめた。

「色、そうですね。若干は変わりと、あの、変わると思います」

動揺して嚙みながら答えるのを見た宇治が、ふっと表情を砕けさせて目を逸らし、決まり悪そうにドリンクパックを見本棚に戻す。

ばれるから、ふつうにして。

のどかな顔つきで切実に囁《ささや》かれ、けれどその声の中に、施術のときにだけ聞く焚きつけるような響きも混在していることに立ち眩《くら》んだ。会場の騒《ざわ》めきとホテルの静けさが、揚げ物や粉物の入り混じった俗《ぞく》めいた匂いと熱い紅茶の雅《みやび》やかな匂いが、服を着ている宇治とパンツだけの宇治が、記憶の中で複雑に絡まり合い一緒くたになっていく。どこでもない世界と、わたしのいる世界が、容赦なくつながって元の形を失い、裏返って放り出され、見たことのない風景だけが広がる場所に立ち尽くす。

この人を好き。

青ざめながら思う。

セラピストが連れてくるのはゴールではなく、四方から溶けて足場の刻々失われていく、流氷の上だったのかもしれない。呆然と氷に膝をついて突っ伏して、この人からも、好きになられたい。

打ちのめされたようにそう願った瞬間、ぐらりと頭から海に落ちた。名刺を隠していたカタログを体から離す。

「このＱＲコードから特設ページに行けます。お客様の販売商品の画像をアップロードいただくことで、簡易的にカラー診断をして製品見本を表示できますので、よかったら試してみてください」

裏表紙のＱＲコードを指し示しながら宇治に渡した。目の高さを一切変えずに「ありがとうございます」と微笑んで受け取った宇治が、すぐに視線を上司へと向けて歩き出す。

わたしの名前を、意識して見ないようにしたのだと分かった。

さっきまでは何があっても見られたくなかったものであるのに、いまは見ないようにされたことが悲しくてたまらない。このたった数分の間に、いったい何が起こってしまったのか、自分でも全く分からない。

「お知り合いでした？」

いつから様子を窺っていたのか、接客の終わったタイミングを見計らったように多部ちゃんに声をかけられる。顔を向け、笑いながら首を振る。

「あんなゴツい人わたしの生活圏内におらんて」

「ラガーマンのほうやなくて。由鶴さんが喋ってた、背ぇ高い平和顔のほう」

うっすら面白がりながら宇治の後ろ姿を目で追う多部ちゃんの様子を見ながら、風俗でいつも指名してる人だと正直に答えたら、どんな反応をされるのだろうと考える。多部ちゃんに倣《なら》って会場出口の方向に振り返ると、姿勢と歩き方のくせで、人混みの中でも宇治がどこにいるのだかすぐに分かった。同じスーツを着た人間がひしめいていても、すぐに見つけることが出来そうだと思いながら、

「いや、初めて会《お》うたけど」

言ってブースに向き直り、口の開いたドリンクパックを手に取った。チャックをしめて元に戻す。そうですか。ニヤニヤしながらも、多部ちゃんがあっさり引き下がってくれたことに感謝をして時計を見ると、展示会終了まであと二時間だった。

(きょう、予約取れるかな)

しんとした頭で思う。仕事を上がったらすぐにアプリを立ち上げて、宇治の出勤状況を確かめようと思った。出勤しているようだったら、すぐに予約の手続きをしようと思

った。意味もなくカタログをめくり、展示プレートの角度を正して回る。頭の中で退勤後の動きだけを反芻《はんすう》して、消化試合のように展示会閉場の時間を待つ。

何をされても、気持ちがよかった。

シーツをひねり摑んで呻きながら、もっとつよくおさえてほしいと切れ切れに訴えると「ええけど肩外《はず》れても知らんで」と宥《なだ》めるように笑う宇治が、伏せたわたしの肩口を押さえる左手に体の重さを加えていく。

いつもよりも宇治の口数が少なかった。

声を掛けてもらえないことが不安であるのに、不安であることとすら止《と》めどなく快楽にすり替わってしまい、わたしのほうはいつものように黙っていられず、みだりに言葉をこぼしてしまう。

宇治。

こらえきれずに名前を呼ぶ。そんな名前の人間は現実にはいないのだと理解しながら、他に呼びようがないのでもう一度宇治と呼ぶと、背中にくちびるが当てられた。入ったものが、ふくざつに動かされ、速められる。おびただしい数の直線を肌の内側に引かれ続けているような混乱の中で、自分が声を上げているのかいないのかも分からなくされて、ようやく安堵してほころびる。

数時間前、展示会を終えて多部ちゃんと別れてからすぐにアプリを開いたけれど、稼働しているセラピストの一覧に宇治はいなかった。

引き下がることが出来ずにＤＭのページにうつり、文字を打ち込んでは消してを繰り返した末に〈今日は予約無理ですか〉それだけを宇治に送った。展示会場近くのサイゼリヤでドリンクバーとミラノ風ドリアを頼み、悶々と待っていると通知が来て、〈十時過ぎなら、時間作れます〉と、宇治の方からも見たことのないような簡素な返信が来た。

ほんとうに会ってしまって、だから隔たったのだとはっきり分かって、スマホを持つ手にどうしようもなく力がこもった。

セラピストが一回の施術で得るのは、客の支払う料金の半分ほどらしい。いつか宇治の話しぶりから報酬の見当をつけたことがふと思い出され、隔たりながらも無理を通してくれた人にせめて「客」としてお金をたくさん払おうと、選択できる全ての追加オプションをつけて予約をした。

風俗店が紹介している、予約の要らない安価なホテルの名前を宇治に伝え、約束の時間よりも早く部屋に入り、全力で杵《きね》を振り下ろして餅をつくような気持ちで自分の体をすみずみまで洗った。

時間通りに現れた宇治の「さっきは、どうも」とおどけたように笑う面持《おもも》ちが、ほんの少しだけ強張《こわば》っていた。笑い返したわたしの顔も、きっと強張っていただろう。「ちゃんと自分で体洗ったから、今日はすぐに、してほしいです」丁寧に頼むと、宇治は黙って頷いた。

「予約してくれたオプション、ほんまに、全部やったほうがいい？」

施術が始まってから二回、大きく果てたところで確かめるように訊かれて、頷こうとしたけれど体が心底くたびれていた。

予約をしたからには責任を持ってサービスを受けなければという使命感と、いっさい放置されて一眠りしたいという単純な眠気とがせめぎ合う。あんなにも退っ引《のっぴ》きならない心持ちでいたのに、その心持ちは体力と一緒にすっかり尽きて殻《から》だけが浜に打ち上げられてしまい、ときどき申し訳程度にちゃぷんと波に打ち寄せられるばかりになっている。恋は頭よりも体と深くつながっているのかもしれない。返事をしないまま息を整えていると、背中からそっと布団が掛けられた。ベッドを軋《きし》ませて、宇治が足元に移動する。

「とりあえず、足揉《も》んだるわ。今日はずっと立ち仕事やったやろ」

足の裏に薄いタオルをかぶせる宇治の声が、すっかり平常のものに切り替えられていた。右頬をシーツにつけてぐったりと俯《うつぶ》せたまま、

（この人は初めて会ったときも、いまも、ちゃんとセラピストなんや）

と、バブを二、三個埋め込まれたような、盛大に発泡し続ける脳みそで思う。

胃。腎臓。小腸。足裏のツボをなぞっていく宇治の手つきが優しい。「寒《さむ》ない？」と訊かれて頷き、「痛ない？」と訊かれて頷き、「ユヅルさん胃悪いで」と言われて頷く。だんだんと泣きたい気持ちになっている。

「もう。怖いやん、なんかしゃべってや」

前触れなく宇治に胃のツボを強く押されて「いいったぁぁっ」と叫びながら反射的に膝下を跳ね上げた。体をよじって振り向くと、南国のバリを百倍インチキにしたような部屋の中、落ちついた紫の照明に肌の色を染められた宇治が、力なく笑っている。そっちのほうが、よっぽど内臓悪そうに見えるで。ぼんやり思うと、ふつふつと笑いが込み上げた。

「……プライベートで会った客からその日のうちに連絡来て、休みやって言うてんのに予約したいとか言われて、しかもオプションプレイに全部チェックついてて、焦った？距離感と性欲がバグった客から本格的に言い寄られると思った？　断ったらプライベート拡散するでって、脅されると思った？」

淡々とわたしが言い連ねるのをぽかんと聞いていた宇治が、間をおいて勢いよく吹き出して「うん、ちょっとだけ思った」と目尻にゆっくり笑い皺を作った。手を伸ばされたので、大人しく左足を引き渡し、起こしかけた体を横たえる。再度タオルをかけられた足の裏の、ゆるやかな刺激に身をゆだねた。

やっぱり、ちょっとだけ思われたんや。

心の中で思い、すん、と鼻で笑って目をつむると、

「でも結局、ユヅルさんはそういう人や無い、って思い直した」

まならの暗闇に、宇治の声が響いた。目を開けて首だけ振り向く。何度見ても体調のすぐれなそうに見える、紫の顔色の宇治があどけない表情を一瞬見せ、すぐ手元に目を落とす。

「今日は、びっくりした。いきなりユヅルさんがおるから」

「わたしやって、びっくりした」

「しかもダサいとこ見られて最悪や」

「そんなことないよ。わたしなんか会期中いっこも契約とってへん」

「それはダサいというより、あかんやつや」

「そう。あかんやつやねん」

「まあおれも、似たようなもんやねんけど。……いまの会社《とこ》、先月入社したばっかかやねん。中途採用で。久しぶりのカイシャで、気持ちばっか焦って空回ってるわ」

穏やかな顔つきで言いながら、宇治が体を大きく右に傾け、深くあぐらを組み直す。合点《がてん》がいかずに「せんげつ？」呟くように訊くと、俯いたままふっと肩を揺らして頷かれた。汗が引いたらしく、こめかみの方へ流れていた宇治の前髪がひとすじ、額へと音もなくこぼれ落ちる。

「この仕事、本業の合間にしてるって言うたやん？」

「うん」

「あれ、うそ。これが本業やっててん」

丹念に土踏まずを撫ぜていた親指が、足の指の付け根の方へと移される。

「卒業してから飲食の本社勤務しててんけど、コロナで自主退職せなあかん空気になって。おれ、堂々と残れるほどの実績も自信も無かったし、自分から手挙げて辞めてもうてん。あんとき世間もあんなやったし、おれも情けなさの裏返しか知らんけど、へんなプライドで仕事選《え》り好んで転職先ぜんぜん決まらんしで、もうなんか、ぜんぶ嫌になってもうて。転活やめてPCRの検査場バイトだけ適当にやっててんけど、そんなんで生活できるわけないやん。やから、金借りて。ただでさえ奨学金返さなあかんのにな。そんなん半年くらい続けてたら、当たり前やねんけど、借金えらいことになるやん。ほんで興味持った高額バイトがこれ。セラピストになってすぐ、アホには出来ひん繊細な仕事なんやって分かったし、相手がいる以上、真摯《しんし》にやってきた自負はあるよ。それでも、何でおれこんなことしてんねやろって、心のどっかでずっと思ってたんちゃうかな」

ゆっくりと、けれど淀みなく、まるで知人の話でもするような物言いで宇治が言う。あまりに正直な言葉の数々に、紙で指を切るときに似た痛みが、胸の内にさっと走った。当然のように揉ませていた足を思わず引こうとすると、素早く手のひらに力が込められ「ちゃうねん、最後まで聞いて」静かに引き留めた宇治が顔を上げる。

「ユヅルさん、おれね。セラピスト春で辞めんねん」

「え」

「返済の目処《めど》立ったから。再就職したのも、それが理由」

にっこりと言われ、それ以上は声も出なかった。引き留められた左足は揉まれることなく、タオル越しに宇治の手に温められている。

「正直、セラピストのプロフィールページ削除してもらって、しれっと消えて、それで終《しま》いにするつもりやってん。今までもそうやって、色んなこと終いにして来たし。けど、新生活のつもりで行った展示会場にユヅルさんがおるやん。しかもなんか、普通に喋ったりしてもうたし。そしたらだんだん、意味が分からんくなってきて」

そこまで話したところで、わたしの顔を見ながら宇治が遠慮なく笑い始めた。何かを思い出したのかもしれないし、紫の顔色で神妙に聞き入る女の見てくれが単純に可笑《おか》しかったのかもしれない。宇治につられてわたしも笑い、包まれていた左足を今度こそ引き抜いて体を起こした。布団を引き上げて肌を隠し、体ひとつ分の距離を取って、宇治と真面目に向かい合う。

「ユヅルさんや、って気づいた瞬間、何でおんねんって思った。でも逆やねんな、何でおらんと思ってたんやろ。おれ、セラピストになってから、自分の人生やない、嘘のレーンで生きてるつもりやったんかもしれんわ。でも嘘なわけ無いよな。仕事で身ぃついたこととか会《お》うた人とか全部、ほんまごとなんよな。やから、『宇治』が教えてもらった辛辛魚を、『おれ』が食《く》うたりすんねん。嘘やけど、嘘やないねん。なんかこれ、ユヅルさんに言うといたほうがいいような気ぃして。ずっと指名してもらってたんから、春で辞めることも、ちゃんと伝えなあかんよな。とかも、思って」

宇治の顔つきが誠実にやわらぐのを見て、今まで見てきたどの表情よりも、この顔をいちばん好きだと思った。心細さに似たものが兆《きざ》して、体に掛けた布団の内側でこっそりと自分の胴回りを抱く。スマホケースに触りたくなったところで、今日は初めて、施術前に銀行のカードに触れなかったことに気づいた。口角がきちんと上がっていたかは分からない、自分では微笑んでいたつもりの口元をうすく開く。

「春って、なんがつ?」

ようやくそれだけ訊くと、さんがつと答えながら宇治がベッドから降りて部屋を見回し、

「やっぱ寒いって」

と壁に備え付けられているリモコンへ歩み寄る。ボタンを姿勢良く連打する宇治を目

に焼き付けながら、風俗を利用すればセックスが出来ると思っていた、初めて利用した日のことを思い出す。

わたしは、三十八歳の処女だった。

施術前のカウンセリングで男性経験の有無について訊かれ、引け目を感じながら「ないです」と告げると、挿入行為はありませんから安心してくださいと宇治に言われて驚いた。積極的にじゃまではないけれど隙あらばいつでも捨てたいと、ずっとそんなふうに思っていた処女だった。二世帯の報告を受けた孤立感で気持ちが凶暴になっていたことも手伝って、

「施術後も、わたし処女のままなんですか」

詰め寄るような口調で呟くと、宇治の雰囲気がわずかにゆるみ、穏やかな眼差《まなざ》しが向けられた。

「マッサージの範囲ではあるけど、今日は、めっちゃええことしようと思ってます。気持ち込めて、ユヅルさんに触らしてもらいます。でもユヅルさんが嫌なことは絶対にしないです。だからユヅルさんも、無理したり我慢したりしたらあかんで。そしたらきっと、終わったとき、今とは違う気持ちになってるんちゃうかな」

きちんと目を合わせて伝えられた宇治の言葉通り、わたしの体は大切に扱われて、ほんの少しも痛くなかった。人の体が温かくて重たいことを肌で感じられたことが、自分以外の誰かに敬意を持って触れてもらえたことが、あまりに嬉しくて酔いが覚めて、わたしは枕に顔を押し付けてこっそりと泣いたのだった。

空調を調える宇治から目を逸らし、バリというよりは西川といった趣《おもむき》のある、シックなペイズリー柄の布団をかき寄せる。ゆっくりと首を垂れて顔を埋めると、洗濯の清潔な匂いがした。宇治が戻り、ひとの体重ひとつ分、じわりとベッドが沈み込む。

「ユヅルさん」

「なに」

「顔あげて」

「いや」

「ユヅルさんて、おれ以外のセラピストと会ったことないやろ」

「うん」

「いいセラピスト、たくさんいてはるから」

「うん」

「みんな、ちゃんと信頼できるから」

「うん、そうやね」

頷きながら、ますます布団を体に押し付ける。「好き」という言葉だけが、体の中を駆け巡っていた。わたしと同じように、海に落ちた客は他にいるんだろうか。その人たちは、泳ぎ続けることができるんだろうか。四月から先も、宇治に会える人はいるんだろうか。その人は、宇治のほんとうの名前で、宇治を呼んだりするんだろうか。

一瞬、全身を激しい嫉妬が貫《つらぬ》いて、けれどすぐに霧散《むさん》した。

消えていくものばっかりや。思いながら顔をあげる。わたしが少しも泣いていないのを見て、宇治がほっと肩の力を抜く。

「大丈夫。辞めるまで、まだ二ヶ月あるから」

「うん。また、予約するわ」

「たぶん、もう出勤表示にせえへんと思うから、今日みたいに直接連絡してもらえたら」

「うん。そうするわ」

大人しく相槌を打ちながら、もしかしたらもう、予約をすることは無いかも知れないと思う。ふと黙り込んだ宇治がこちらに寄り、布団ごとやわらかく抱きしめるので何事かと思ったら、二時間が終わっただけだった。

消えていかないものが欲しい。

思いながら、宇治の体に初めて体重を預けてみる。肩越しに見ている偽物の南国の部屋が、少しずつ滲んでいく。

正月飾りが片付けられると、商店街の装飾は鬼とハートに移り変わる。恵方巻きの垂れ幕やチョコレート商品のポスターに「おいしそうやねぇ」と話しかけ、のどかに賑わうアーケードを自宅に向かって歩いて行く。ほとんど自動運転のように馴染みの肉屋へと進路を曲げ、なめらかに立ち止まって「おはようさん」と店主を呼び、甘辛く焼かれたホルモンを注文する。

わたし、普通のひとが一生に食べるホルモンの何倍くらい食べてるんやろ。

そんなふうに思ったのは、ここに移り住んで五年ほど経ったころだったか。あれからさらに月日を重ねているので、いまやそれが何倍に膨れ上がっているのかは見当もつかない。仮初《かりそめ》のつもりで住み始めたこの町に、気づけば二十年、身を置いている。

肉屋の隣、シャッターの落とされている金物《かなもの》店の前で、中学校のジャージを着た二人組の女の子がコロッケとスマホを手に「やるで」「ええで」と声を掛け合っていた。何をするのだろうと眺めていると、ひとりが満面の笑みでコロッケをむさぼり始め、それをもうひとりが笑いを堪えながらスマホで熱心に撮っている。ふたりの健やかな光景に見入りながら、（あの子たちはどんな家に住んでるんかな）と、ほとんど脈絡なく考えると、午前中に会った不動産屋の女の、意志の強そうな顔が浮かんだ。気持ちが沈んでいくのを感じながら、ホルモンのお金を払う。

今日は朝から、会社近くの賃貸物件を内見《ないけん》してきたのだった。

展示会以来、宇治のことを思い出しそうになるたび住宅情報を見るともなく見て、多部ちゃんが買ったようなマンションと自分の預金残高に、交互に思いを巡らせていた。価格や立地や間取りに始まり、階数や和室の有無に至るまでスペック化された物件のチェックボックスを、暇を見つけては選択し、何度も絞り込み検索をかけた一週間だった。買うにせよ買わないにせよ、実物を見ないことには始まらない。と突然勢いづいたのは昨日のことで、けれど中途半端に怯んだ結果、わたしが内見予約をしたのは賃貸の物件だった。会社の沿線上にある、ウッドデッキのある最上階の物件は駅近で、築年数は浅くディスポーザーがついていた。真新しい部屋の何をどう確認したらいいのか勝手が分からず、クローゼットを開いて新築の匂いを嗅いだりしていると、内見に同行した不動産屋の女が、顎《あご》の高さで切りそろえた髪をやたらサラサラと揺らしながらよく喋った。

「世の中持ち家派が多数ですけど、単身の方は特に、賃貸っていう選択も増えてると思います。賃貸のほうが生涯コストかかるとか言われてますけど、買ってから数十年は持ち家も賃貸も大して変わらへんって知ってます？　最新の設備も十年経てば時代遅れの代物になるわけですし、そういう面で住み替えの利く賃貸を好まれる方もいてはりますね。なんかあっても、修繕費は大家さんが持ってくれはるし。だって老朽化だけやなく、台風やら地震やら自然災害もこわいじゃないですか。老後が心配や言うても、高齢者向け住宅は今の時点ですでに多様化してますし、たとえば二十年後には賃貸やなく、そういう施設を選んだっていいわけですよ。個人的には、賃貸にお金かけていくの、かしこい選択やと思います」

首をかしげた赤べこみたいな動きで話し続ける女の、メイクの雰囲気と手の甲の筋張った感じが、自分と同世代なのだろうと推測させた。女から放たれる体育会系の営業トークと甘い香水の匂いから逃れるように、わたしは部屋のベランダに出た。つめたい土の匂いが吹き抜けたので欄干《らんかん》に手をかけ見晴らすと、ささやかな農地が園庭に続く幼稚園が、マンションの裏手にある。最上階といっても建物自体が三階建てなので、カラフルなすべりだいやジャングルジム、秘密基地にしたら楽しそうな小型のログハウスもよく見えた。

「普段はめっちゃ、賑やかそうですね」

子どもたちの笑い声を想像しながら幼稚園を見下ろして言うと、

「八木さんはお仕事、土日休みって言ってはりましたよね？　大丈夫やと思いますよ」

と励ますような口調で女に言われた。

「あの。だいじょうぶって何が」

「子どもさんの声は聞こえないんじゃないですかね、休日は静かに過ごせると思います」

精度の低い翻訳を読んだときに似た気持ちを抱き、返事に困って俯くと、物件資料を持つ女の左薬指で、石のふんだんに使われた指輪が透き通った水の音が聞こえてきそうな光りかたをしている。

「指輪きれいですね」

何でもいいので話題を変えようと話しかけると、

「……ありがとうございます。子どもはいないんですけどね」

取り繕うような物言いで返され、会話が良くない方向にむかいそうな気配がしたので大人しく黙りこんだけれど遅かった。

「うちは子どもはつくらへんって決めてて。こうやって仕事も続けてますし、夫婦で完全に財布別ですし。だから子どもさんがいらっしゃる既婚の方より、八木さんみたいな方のほうが、わたしは感覚近くて話しやすいです」

口を閉じたあとも、余韻《よいん》で首が揺れていた。野生動物をしずめているような女の顔つきに、自分が受けていたのは営業トークなどではなく、もしかしたら配慮であったのかもしれないと、突然気付いた。他の人に宛てられた宅配便を気づかず受け取り、封を切ってしまったような後味の悪さが胸の中に広がって、わたしは適当に内見を切り上げ、事務所には戻らずそのまま帰ってきたのだった。

肉屋の店主からホルモンを受け取り、袋を揺らしながら商店街をもたもたと歩く。

へんなタイミングで指輪の話題などを振られて、不動産屋の女だって困惑しただろうと思う。だから半分は自分のせいだと思いながらも、子どもの声が聞こえることを嫌がり、既婚者であることを遠回しに羨《うらや》むような人間に見られたことがやるせなかった。やるせなかったけれど、それならどんな人間に見られたら満足だったのかと考えても、「わたし」という人間像は頭の中で、ぐにゃぐにゃと液状化してしまう。

(なんか、わたし自身も消えかかってるわ)

さらに滅入ってしまったので、帰宅したらホルモンと共に景気よくビールを飲もう、と気持ちを強く持つことにした。そして昼寝をして、目が覚めたらNetflixを見て、痛くも痒《かゆ》くもない休日を過ごしてやろうとヤケクソのように思っていると、二月だと言うのに蟬《せみ》の鳴くような声がする。

見回してみると、高圧洗浄機の音だった。

商店街から住宅地につながる細い横路地で、猫背の老人がライフルのようなノズルを構えて、ブロック塀を掃除している。水が相当はね返るのだろう、老人は丈の長いレインコートに長靴をはいて、溶接マスクまでつけている。横路地の入口で足を止め、先に見物していた女たちに混ざって、掃除のようすを見守った。墨汁の染みこんだようなブロック塀が、水をふきつけたそばから、生まれたての明るい灰色に改められていく。左端からじっくりと右端へ。下にずらし、右端からじっくりと左端へ。老人の水の吹き付け方が、几帳面であるのがとてもいい。

「家にあれあったら便利やなぁ」

母と同年代くらいの、ひざ下までのダウンコートを寝袋のように着込んだ女が、その隣で三輪の自転車にまたがる女に話しかける。

「買ったらええやん、買い」

「けっこう大きいやん、買ったらじゃまくさいんちゃう」

「見て、あんなに白《しろ》なって。きれいなあ」

「よう抱えてはるわ、えらい勢いやのに」

「あのひとが持てるんやから、あんたでも持てるよ」

「便利やろうなぁ、家にあったら」

「買い。買ったらええよ」

女たちの会話をかき消す勢いで、高圧洗浄機は爆音を上げ続けている。激しく水の噴き出すノズルを老人が抱え直し、塀の下の方を狙い撃つと、厚く生《む》していた苔が吹き飛ばされた。

「いぃや、見て」

感嘆《かんたん》の声を上げた寝袋の女に「やりましたねぇ」とうれしい気持ちで声をかける。ふやけた焦げをヘラでなぞるように、苔がはがされて行くのを見るのは楽しかった。水が止まり、女たちが拍手をしたのでわたしも盛大に拍手を送ると、高圧洗浄機を大儀そうに持ちあげて、老人はこちらには目もくれず、さっさと家に入って行った。

見物した女三人で会釈を交わして、商店街に好き好きに散る。

牛舎から脱走した牛みたいな、すがすがしい気持ちになっていた。よく見たら天気もいい。日もまだ高く、ホルモンもある。どこまでも歩いていけそうな気がして、アーケードの甘味処を洋品店を、跳ねるように通り過ぎる。

販売価格二九八〇万円。1LDK。南向き。

販売価格三九八〇万円。自由設計。駅まで徒歩五分。

性懲《しょうこり》も無く現れた、午前中とは別の不動産会社の幟《のぼり》に表記された新築物件の文字がうるさいので「もうええって」と窘《たしな》める。ますます気を良くしながら「こだわったとこで、家なんか物食べて寝るだけやんか」とうそぶき、それだけではまだ物足りず、鞄からスマホを取り出し検索画面を立ち上げた。

〈家　いらない〉

検索をして、自分と同じような心持ちの人がいないかインターネット上で探してみる。持ち家の売却サイトが連なる中、要約文に「アドレスホッパー」という見慣れない言葉があったウェブサイトを開いてみると、「多拠点住居という新しい家の形」という文字が飛び込んできた。想定外の情報を得て、思わずその場に立ち止まり、食い入るようにスクロールする。

「ネイバーベース」は、登録されている二百を超える家に自由に住むことが出来る、住居のサブスクリプションらしかった。

月額料金は利用回数によって異なるという。登録されている家の紹介ページに移動すると、海を見わたす家や、温泉の湧く家や、長屋を改装した家が次々に表示された。突っ立ったまま夢中でホームページに見入っていると、

「お姉ちゃん楽しそうやね、スマホ初めて買《こ》うたんか」

たい焼きを売る年配の女が、面白そうに声をかけてくるので顔を上げた。

「うんそうやねん。電話もカメラもインターネットもこれ一個で楽しめるってジャパネットが言うから便利やなと思って」

にこやかに答えながら、店の前にベンチが置かれているのを見て、薄皮たい焼きをひ

とつ買った。腰を下ろし、ほとんど熱に浮かされたまま会員登録のフォームをひらく。名前や住所を順に打ち込み、お試しプランで二泊分のチケットを購入し、たい焼きにかぶりつく。

土曜の昼間だというのに、駅舎前は無人だった。

道路をまたいで架かる、白いペンキを塗りつけたベニアで作られたアーチの「歓迎」の文字が、薄曇《うすぐもり》の空にはっきりと赤い。立ち止まって写真を撮ると、シャッター音があまりに駅前にひびいたので、思わずスマホのスピーカーを指でふさいだ。蝶番《ちょうつがい》のきしむような声で、どこかで飼われている犬がキュイィと鳴く。

スーツケースの持ち手をつかみ、地図にならって府道を下った。

両脇を住宅に挟まれた道を大きく右に曲がると、ホームページで見た写真と同じ古民家が建っている。Googleマップを閉じ、ほんの少し緊張しながら、年季の入ったチャイムを押す。

ネイバーベースの滞在先には、大阪の南に位置する、海にほど近い家を選んだ。

日本全国に点在するさまざまな家に目移りしながらも、

（いつかほんまに「家」として利用するんやったら通勤出来なあかんからなぁ）

などと考えながら該当する家を絞り、家とその家に住む家主の紹介とを読み比べているうちに、マカロニと名乗る六十歳の女性家主にわたしは惹かれたのだった。

門前でかしこまっていると、ガタン、と玄関ガラスが鳴り、じゃりじゃりと音を立てながら戸が引かれた。顔を出した家主はホームページの写真の通り、くっきりと目のまわりを黒く縁取る化粧をして、派手な色のターバンを頭に巻きつけている。

「由鶴やな？」

「はいお世話になります。家主さんですよね」

「マカロニさんでええよ」

「それほんまの名前なんですか」

「うん。愛って書いてマカロニって読むねん」

「え」

「嘘に決まってるやろ」

笑いながら言い、内側からマカロニさんが門を開く。作務衣《さむえ》とワンピースを合わせたような不思議なデザインの服が風に揺れると、雨に濡れた森の根みたいな香りがした。

森林浴をする気持ちで思わず深く息を吸う。マカロニさんの日焼けした肌に、ターコイズのピアスがとてもよく似合っている。

玄関から続く廊下の左側の和室に通されると、畳一畳ほどの大きな座卓で、仲良く金平糖をつまんでいたふたりの先客が顔を上げた。学生だろうか、男の子のほうも女の子のほうも雰囲気に幼さが漂い、丸い眼鏡をかけている。

「こんにちは、ナカタニトーマです」

「クサカベスズです、こんにちは」

「この子ら、昨日から泊まってんねん。大学の春休みの間、ふたりで西日本をまわるねんて」

マカロニさんが紹介して、わたしも座るように促しながら台所へと消えていく。並び座るトーマくんとスズちゃんの対面に腰を下ろし、「八木由鶴です」と、ふたりにつられてフルネームで自己紹介をした。多部ちゃんよりも若い子と仕事以外で話す機会など、このごろは無いに等しい。世間話なんて出来るのだろうかと冷や汗をかくわたしを他所《よそ》に、ふたりはリラックスした様子で金平糖をかじっている。

「僕たち千葉から来てるんです。ヤギさんは？」

「あ、大阪から。というか、わたしは大阪に住んでて」

「へぇ。じゃあネイバーはノマド目的で利用してるんですか？」

「ノマ……うんまぁ。ふたりは、ここの前はどこに滞在してたん？」

「京都です。けっこう長いことといたよね？」

「うん二週間くらい？」

「そうなんや。観光するとこいっぱいあるもんね」

「観光っていうか、タイミーが理由ですかね」

「タイミー？　あの、単発バイトのこと？」

「あーですです。数時間だけのバイトとか、アプリから申し込めるやつです。ネイバー生活してると食費がバカ掛かるんで、僕ら基本、まかない付きのバイトを選ぶんですけど。京都って、タイミーに高級割烹とか老舗の募集がたまに出るんですよ」

「それで、意外とそういうとこのほうが庶民派っていうか、家ゴハンっぽいまかないが出るんです。普段の食事、どうしても既製品が多くなっちゃうから、お米とかお出汁《だし》が恋しくなって。募集枠が一人だと取り合いです」

「そういうときって、スズが行くこと多くない？　こいつ無駄にジャンケン強いんですよ」

「いや。というか、トーマがパーばっかり出すんだよ」

スズちゃんがトーマくんを見つめながらチョキにした手元を楽しそうに振る。次々に繰り出される、馴染みのない単語や文化や感覚に、全力疾走でついて行こうとしたけれど足がもつれ始めていた。にこにこと相槌をうちながら、

(もう走れません。もう棄権させてください)

と念じていると、お茶を淹れたマカロニさんが戻ってくる。

「はい。寒かったやろ」

湯気の上がる湯呑を置き、わたしの隣にマカロニさんが腰を下ろした。ヨガのような姿勢のいいあぐらをかいたのを横目に見て、背筋だけは伸ばしたまま、わたしもゆっくりと正座を崩す。滞在する客全員にいつも同じ話をしているのだろう。会社の沿革《えんかく》動画を再生するように、マカロニさんが喋り出す。

この家は、マカロニさんの生家らしい。

十八で家を出てからは大阪に寄りつかず、恋人と与論島に移り住み、恋人と別れてからも長く島で過ごしたという。その後、島を訪れたトルコ人に誘われてトルコに渡り、

トルコを拠点にさまざまな国を巡り歩くうちに親を続けて亡くし、誰もいなくなった家に戻ってきてからは、ゆうゆうとひとりで暮らした。

「親とはどうにも反りが合わんかってん。嫌いやから離れたんやなく、嫌いになりたくないから、離れたんかもね。この家は好きよ。家とは気が合うねん」

座卓に片肘をのせて笑うマカロニさんと家との間に、けれどべったりと手を取り合うような気配はないように思えた。ネイバーベースへ「家」を提供するようになって、もうすぐ二年になるという。

「与論島時代に仲良くなった同い歳の友達が『鹿児島市内でネイバーベースの家主になる』言うから、よう分からんけど会いに行ったのよ。それがネイバーを知ったきっかけ」

「その人はまだ家主さんしてるんですか？」

「しとるよ。鹿児島まで行ったら泊まってあげて。わたしよりも派手な見た目してんねん。すぐ分かると思うわ」

「もしかして、この人ですか？」

「ああ、そうそう。さすが、今の子はスマホで調べるん早いな」

「わぁ行ってみよう。鹿児島に着くのは再来月くらいになるかな」

正しく盛り上がりを見せる三人の会話に、うまく入っていくことが出来ずに、お茶ばかりを熱心にすすった。手持ちの札から、経験や人間性の披露のタイミングを得たカードを切っていく七並べで、ひとりだけUNOのカードを扇に広げ持っているような気分だった。使い込まれたダイヤの8やスペードの10が気持ちよさそうに放たれ、整然と並んでいくのを眺めながら、ここは家というより劇場に近いのかもしれないと思う。

（ネイバーに登録したときは、これしかない、と思ったのになぁ）

心の中でひっそりと呟き、湯呑を置いて顔を上げる。リノベーションされた清潔な和室の鴨居に、極彩色の動物の絵がいくつも飾られていた。動物は勢いのある線で描かれ、正面を向いて大きく開いた口の中には、歯がしっかりと生えている。明日、多部ちゃんが来たらいちばんに注目するやろうな。ぼんやり思い、金平糖に手を伸ばす。

ネイバーベースのことは、会員登録をした翌日に、多部ちゃんにすぐに話した。

「家のサブスクやねんて。日本全国に拠点があって、好きなとこに滞在できるらしいねん」

始業前のオフィスで、週末に受信したメールを確認しながら隣の席に話しかけたけれど、自分でつくった会議資料をパソコン画面に表示させたまま、多部ちゃんは険しい顔をしていた。画面を覗きこみ「なんか間違えてたん？」と訊くと、多部ちゃんは一瞬の間を置いて、頭を左右にふった。

「大丈夫です、合《お》うてます。そのサブスクって登録したんですか？」

「うん。とりあえずお試しで二泊分だけ。家族とか友達と一緒に泊まれるような家もあんねんて。今月末の三連休で行こうと思ってんねんけど、多部ちゃんも行かへん？　家は近場で探そうと思ってて」

「いいですね。わたし、土曜は予定あるんで、日曜でもいいですか？」

「ええよええよ。せっかくやから海とか山とか見えるとこ探そうかな。近くに飲めるとこがあったらさらにええなぁ」

「そうですね」

「そう言えば、有給消化せえ、ってお達し来てんねん。わたしは三月に適当に取るから、多部ちゃんも取ってな。二月でもいいよ」

「分かりました」

「どうしたん、今日テンション低いやん。週末なんかあった？」

「大丈夫です、何もないです。すいませんここ、やっぱり数字間違えてたんで直します」

会話を打ち切るように多部ちゃんがキーボードを打ち始めたので、躓《つまず》いたような気持ちのまま、大人しくメール確認の続きに戻った。怒らせるようなことをしてしまったかと不安に思っていたけれど、昼を過ぎる頃にはすっかり普段通りの多部ちゃんで、

「痛風鍋一人前のプリン体の総量って、ビール十五リットル分らしいですよ」

と不敵に笑いつつ、翌週の誕生日を楽しみにしている様子だったので、胸を撫で下ろしたのだった。

痛風鍋は、美味しかった。

火の通ったあん肝や白子にイクラをまぶしかけ、残ったスープも雑炊にして全て平らげ、余すことなくプリン体を摂取しながら、多部ちゃんはあの日、珍しくお酒を飲んでいた。ゆずはちみつサワーを立て続けに三杯飲み切ったところで心配になり「普段飲まへんのに大丈夫なん？」と声を掛けると、

「大丈夫か訊かれるのって嫌いです。だいたいは大丈夫なんです。だから大丈夫って答えるしかないじゃないですか。でも、そうですよね。今日はもうソフトドリンクにしと

きます」

お酒に乱れた様子も無く言って、いつもの調子で冷静に微笑みながら、多部ちゃんは店員を呼び止めて烏龍茶を頼んだ。

「ごめん、気ぃ悪くさせて。多部ちゃんが平気やったら全然飲んでもらってええねんで。しょっちゅう大丈夫やないレベルで酔うてる奴に言われたくないよね」

わたしが慌てて謝ると、

「ちゃうんです。言い方棘《とげ》あってごめんなさい。酒弱いねんから、こんなに飲んだら、ほんまに駄目なんです。誕生日と鍋に浮かれてたみたい」

さっきよりもしっかりと笑顔を見せ、多部ちゃんは大ぶりの牡蠣をおいしそうに頬張り、二十九歳になったのだった。

多部ちゃんは最後まで話さなかったけれど、「何か」は絶対にあったのだろうと思う。あったのだろうけど、多部ちゃんが話してこないうちは、詮索しないことがきっと礼儀になる。ひときわ色使いの派手なブタの絵を見上げながら改めて心に決め、お茶を飲み切るとマカロニさんがこちらを見ていた。

「絵見てた？」

「はい」

「どう？」

「派手やなと思います」

「そうやろ。わたしが描《か》いてん」

「へえ、すごい」

マカロニさんに向き直って素直に感嘆し、さっきまで見ていた絵を指差して「あれがいちばん好きです。かっこいいブタですね」と感想を述べると「ありがとう。あれ牛やけどな」とマカロニさんが嬉しそうに目を細めた。

それぞれ手持ちの話題は出し尽くしたらしい。マカロニさんが空の湯呑みを盆に載せると、トーマくんとスズちゃんはスマホを取り出し、溜まった仕事を片付けるようにそれぞれ手際よく操作を始めた。部屋に案内すると言って腰を浮かせたマカロニさんが、ふと顔を綻《ほころ》ばせ「そうや。今日は夕方にコーヒー占いするからね。土曜日だけの特別イベントなんよ。この部屋でやるから戻っておいで」とわたしたちに呼びかける。スマホからきちんと顔を上げ、「面白そう」とスズちゃんが明るく返事をする。「コーヒー占いって初めて聞きました」とトーマくんが好奇心を浮かべた表情で言う。空気がまた劇場めいていくのを感じながら「占いなんて数十年ぶりです。何時に戻ってきたらいいですか」手持ちの中から精一杯カードを切って、間違えて紛れ込んでしまった舞台に、せっかくなのでわたしも立つ。

占いは四時に始めると言われ、時計を見ながら一時間半の暇をどうやってつぶそうか考え、それでどうしたかというと、古墳にいる。

徒歩圏内に古墳があることは、ネイバーベースのマカロニさんの家を紹介するページに書かれていた。家から用水路に沿って駅へと戻り、踏切を渡ると水路はそのまま古墳の堀につながっている。Googleマップで見ると鍵穴を象《かたど》っているように見える古墳は、けれど横から見ると何の形をしているのだか見当もつかない。

水辺の柵に沿って、歩いた。

ギョイギョイと鳴く鳥の声が、明るい曇り空に渡っていく。参拝所が設けられていたので足を止め、幹の細い木がぎっしりと茂った塚を、鳥居越しにしばらく眺めた。ゆっくりと胸の高さで手のひらを向かい合わせ、指先同士を触れ合わせて、すぐに解く。

願うことが、無いわ。

思った瞬間、スマホが震えたので肩掛けのケースを開いてみたけれど、楽天のメルマガが届いただけだった。俯いたまま風俗のアプリを立ち上げ、もう何度見返したか分からない、宇治との最後のDMを表示する。ホテルの名前を伝えたわたしのメッセージに対して〈わかりました。十時半に行きます〉と承諾した平たい宇治の文面を読むたびに、なす術《すべ》なく胸が締め付けられた。

会いたいなぁ。

途方に暮れながら思う。

思うのに、宇治から施術を受けることが今さら嘘みたいに恥ずかしく、自分の体を晒《さら》してしても平気でいられた、その心持ちがどうしても思い出せなくて、予約をすることが出来ずにいるのだった。アプリを閉じ、ケースの内側から銀行のカードを抜いてみる。手のひらにのせても、数字をなぞっても、両手でじっくり挟んでみても、心はうんともすんとも動かなかった。理由は分からないけれど、最後に宇治に会った日から、「お守り」の効果はすっかり消え失せてしまっている。熱が出たときにするように、カードをぺたりと額に貼りつけると、人肌に温められたカードが空風《からかぜ》に冷えていった。施術の予約に踏み切れず、ぐずぐずとDM画面だけを見つめるまま、二月はもうじき終わろうとしている。

カードをしまい、スマホを横持ちに構えて古墳を撮った。

鳥居に会釈をして、その隣に立てられた看板を読んでみる。日本語が古いせいか内容がさっぱり入ってこないので、こちらは撮らずにスマホを切り、堀の端までぶらぶらと歩いた。くすんだ水面《みなも》が風に吹かれて、こまかにさざめき揺れていた。まだらに浮かぶ冬枯れの蓮の、細く伸びた茎が茶色く乾いてぽきぽきと折れているのを見物すると、一通り古墳の観光が達成されたような気がした。堀の端まで来ると、そこからは住宅地につながっている。来た道を振り向き、マカロニさんの家へと引き返す。


二階に用意された個室に戻り、横になってごろごろしていると、コーヒーを煮詰める甘いにおいが畳の底から這い出てきた。

時間を確認すると、四時を少し回っている。階段を下りて和室に向かったけれど、誰もいないので台所をのぞいた。リフォームせずに元の形を残したらしい、壁タイルや土《つち》壁《かべ》に古民家の名残がある正方形の台所に、マカロニさんがこちらに背を向けて立っている。コーヒーの香りが濃密に立ち籠める台所の中央にはテーブルが置かれ、馴染みのない形をした鍋と小さなカップが三つ、丁寧に並べられていた。

「すごいにおいですね」

声をかけると、テーブルに置かれていたのと同じ、柄杓《ひしゃく》のかたちをした銅製の小さな鍋を手にしたマカロニさんが振り向いた。

「ああ来たね。由鶴だけやから、和室やなく、ここでやろうか」

「トーマくんとスズちゃんは」

「タイミー。なんかええ仕事が公開されたみたい。すいません稼いできますって、さっき電話来たわ。偉いねえ、よう働いて」

誇らしげな口ぶりで言い「そこ座り」両手の塞《ふさ》がったマカロニさんが、スツールに向けてクッと顎を上げる。言われるまま腰を下ろし、けれど柄杓鍋の中身が気になり、すぐに席を立つ。

「作るとこ見てもいいですか」

コンロを点火させているマカロニさんに訊くと、「もちろんよ。おいで」と嬉しそうに頷かれた。流し場の方へと半歩ずれたマカロニさんの隣に立ち、コーヒーの入れられた鍋の中をのぞき見る。

「これね、トルココーヒー。粉を煮出していくねん」

言いながらマカロニさんが火にかけると、鍋肌にふつふつと小さな泡がたち始めた。ささやかな音で弾《はじ》けゆくさまを観察していると、小さな泡が突然つらなり、ふちまで大きく膨れ上がっていく。マカロニさんが、すっと鍋を火から遠ざけた。膨らんだ泡は見る間にしぼみ、やがてコーヒーが凪《な》いだ面を取り戻すと、鍋に細いスプーンが差し入れられ、じっくりと掻き回された。

「実験みたいやろ」

顔をのぞきこむようにして笑いかけられると、子どもの頃、同じ表情で同じ言葉を母から言われたことを思い出した。塩をかけた氷で急冷しながら、アイスクリームを作ったときだったか。いつもほんのりと煮炊きの匂いが漂う台所に、場違いのようにバニラエッセンスが香っていた。母に見守られながら袋の中のアイスクリームを嬉しい気持ちで凍らせた、あの台所も今は跡形も無くなってしまった。感傷に浸りながら、アイラインでしっかりと縁取られたマカロニさんの目を見つめ返す。

「トルコって、いいとこでした？」

「よかったよ。今も好きよ」

「向こうに住もうとは思わなかったんですか？」

「うん思わなかった。なんでやろうね。親が続けて死んで、ああひとりになったって思ったら、無性にこの家に帰ってきたくなったのよ」

スプーンを引き抜き、マカロニさんが鍋をまた火にかける。なんとなく黙って、鍋のほうへと顔を向けた。ふたたび鍋肌につき始めた泡が、さっきよりもきめ細かくなっている。膨らんでは火から下ろし、しぼんでは火にかけと繰り返すうちに、つやのある泡がコーヒーの表面を覆うようになっていた。鍋のふちまでふっくらと泡が満ちたところで、マカロニさんがコンロの火を消した。

「何占ってほしい？」

青い花の絵が描《か》かれたデミタスカップに、粉ごと鍋の中身を注《そそ》ぎながらマカロニさんが訊いてくる。スツールに腰を掛け、泡立つコーヒーを見下ろした。カラメル色に靄がかる脳裏に、二世帯になった家が浮かんでは消え、預金残高の数字が浮かんでは消え、宇治の顔が浮かんでは消える。取り留めのなさに苦笑して、こぼれ落ちてきた髪を耳に掛ける。

「ほんまに正直に言うと何も占いたくないです。いまのわたし、何占っても多分、いい結果出るわけがないから。何かを願うのも嫌なんです。叶わへんから。というか、叶わへんことを、受け止める度胸がないから」

囁くように白状すると、コーヒーを注いでいた柄杓鍋が一瞬動きを止め、それからコースターの上にゆっくりと置かれた。由鶴はいくつやっけ。静かに訊かれたので今年四十ですと答えると、

「じゃあまだ四十ちゃうんやな。こういうときは三十九ですって答えんねん。あんたの人生に一回きりの、三十九って歳がいじけてまうで」

向かいのスツールを引きながらマカロニさんが笑う。

「占いたいことが無いんやったら、三十九歳の由鶴の運勢を見ようか」

「いや、だから占いたくないんですってば」

「ええからええから。占うのはコーヒーの後でね。まだカップの中に粉広がってるから、沈殿するまでちょっと待とう」

テーブルにひじをつき、マカロニさんが目を閉じてしまったので、仕方なくコーヒーに視線を落とした。大きな車が通り過ぎたのか、玄関の方から軽い地鳴りとガラス戸の揺れる音が響き、それが過ぎると足元に置かれた電気ストーブのじいじいとうなる微か

な音だけが残された。こっそり目線を上げると、蛍光灯の下にいるせいか、さっき和室で見たときとは別人のようにマカロニさんが歳を重ねた顔をしている。生家の雰囲気の色濃く残された台所で、舞台俳優の煌めきがくつろぐように鳴りを潜めているのを見て、「自分の家やのに、こうやってネイバーの人がしょっちゅう来て、落ち着かないことないですか？」

思わず質問すると、マカロニさんが劇団四季みたいな目を開いた。探るようにしばらくこちらを見つめて微笑み、テーブルの一角にまとめ置かれた菓子の中から、口の開いた新宿高野のフルーツチョコレートの袋を引き寄せる。

「落ち着くよ。最高よ。この家に住むことも、ネイバーの家主になることも、そのためにどこをリフォームするのかも、ぜんぶわたしが決めてん。わたしが作り上げた家なのよ。泊まりに来てもらえるのも楽しいね。由鶴くらいの子が来たら二十歳で子どもを産んだ気持ちになるし、トーマやスズくらいの子が来たら四十過ぎてから産んだ気持ちになる。わたしな、『お母さん』になりたくて、ネイバーの家主になってん」

キャンディー状に包まれた小指の先ほどのチョコレートを、マカロニさんがひと摑みしてテーブルの上にわらわらと置く。食べ。勧められて、手前にあった黄色の包みを手に取った。カラフルな包み紙越しに、バナナの甘い匂いが香り立つ。

「わたし自身は、子どもおらんで。そういう体やったみたい。由鶴くらいの歳のときにそのことが分かって、呆然としたねぇ。子ども産みたいって考えてきたのに、そういう『いつか』は最初から自分の人生になかったんやん、って。それからは、子どもがいる人より、必要ないって心から思ってる人のほうが羨ましい。わたしはそんなふうには成れへんから。冗談やと思われるかも知れんけど、わたし今でも産みたいねん。産めなかった子どもに、ずっと、片思いしてんねん。でも最近思うねんけどな。その屈強な片思いが、自分のいちばん大事なとこを支えてるような気ぃするわ」

マカロニさんが自分もチョコレートをひとつ取って包みを解き、きれいな薄みどりの球体を口に運ぶ。物を言おうと口を開きかけたわたしを遮るように「もうコーヒー飲めると思うよ。飲んでみ」チョコレートとメロンを香らせながら朗らかに言うので、細い持ち手をつまみ上げた。すっかりしぼんだ泡のすきまから、黒々としたコーヒーの面がのぞいている。粉が本当に沈殿しているのか見た目には全く分からなかった。デミタスカップに口をつけて慎重に傾ける。

「どう」

「泥みたいです」

「飲むの下手やな」

「でも甘くて美味しい」

「そうやろ。上澄みだけ飲むねんで」

チョコレートの山の中から、またみどりの包みが選び取られるのを見ながら頷いて、少しずつ口に含んだ。香ばしくて苦みも強いのに、まろやかなコーヒーだった。マカロニさんの心遣いに少しでも報いたい気持ちで、熱いです。やら、濃いです。やら、調味料入れてる実家の引き出しみたいな匂いします。やら、思いつく限りの感想を述べながらゆっくりと飲んだつもりでいたけれど、カップの底に艶めいた粉が見えるまでは案外あっという間だった。

「ごちそうさまです」

テーブルの上のティッシュを引き抜き、粉っぽい感触の残る口周りを拭いながら言うと、マカロニさんがおもむろにソーサーを引き抜いてカップの上にかぶせ載せた。そのまま天地を逆さにすると「ほんじゃあ、占うで」マカロニさんが伏せられたカップを上に向ける。

「内側に残った粉の、絵を読むねん」

「絵ですか、これ。粉が寄っただけにしか見えへんのですけど」

「情緒がないねえ」

「耳かきひと掬《すく》い分くらいしか付与されなかったみたいで」

「わたしは、これ橋やと思うわ。ブリッジの橋」

「それって、いい意味ですか？」

「絵の通りよ。ちゃんと、渡っていけるっていう意味」

カップの内側に細長くたわむ、吊り橋のような粉の跡と同じ模様を、マカロニさんが指で空《くう》に描く。

「わたしね、さっき言い忘れたけど、絵は五十過ぎてから始めてん。これも片思いで描いてるの。描いても描いても『両思いや』って思わせてくれへんから、楽しいよ。創るのは楽しい。年相応に失くしものしたけど、創ったものは無くならへんからね。形があってもなくても、じぶんで創りあげたものは消えへんの。そういう訳で、どうぞ元気よく橋を渡って行ってください。占いは以上」

晴れやかに言い渡し、柄杓鍋とカップを持ってマカロニさんが立ち上がった。目の前からカップが下げられても、マカロニさんの指が描いた軌道が、いつまでもテーブルの上に見えるようだった。にっこりと結ばれた誰かの口元みたいな、やわらかな曲線を自分がどうやって眺めているのか分からないまま、流し場のほうへ向き直る。

器具を洗うために丸められた大柄な背中を見つめながら、「ありがとうございます」と心を込めて伝えると、キュッと水が止められた。濡れた手を拭いながら振り向いて「たまには良かったやろ。占いも」と、母と同じような顔つきでマカロニさんが笑う。

「あの。ひとつ訊いてもいいですか」

「なに」

「なんでマカロニなんですか」

「ああ。ネイバーに登録したとき、マカロニグラタン食べてたから」

「え」

「海老グラタンやったから海老でもよかってんけど。マカロニのほうが可愛いやろ」

「なんや。なんか深い意味でもあんのかと思いました」

「ううん無いよ。意味なんか無い。することなすこと起こること、いちいち意味持たされたら、たまらんやろ」

ばっさりと言い、マカロニさんが洗った器具をてきぱきと拭き始めたので、テーブルに広げられたチョコレートを集めて袋に戻した。この後は車で買い物に行く予定でいると言う。一緒に行くかと訊かれて、ありがたく便乗することにした。

スーパーまでは、車で五分もかからなかった。

青果の方へと歩いていくマカロニさんとわかれ、まっすぐに総菜コーナーに行く。夜に食べる焼き鳥と生春巻きをカゴに入れ、朝に食べるレーズンパンとヨーグルトを入れ、多部ちゃんの好きな硬水の炭酸を二本入れる。いつもの発泡酒を三本買おうとして少し迷い、そのうちの一本をハレの日に飲むと決めているビールに差し替えた。会計に向かうと、混み合うレジの前方で、カラフルなターバンを巻いた頭がそこだけ異国情緒を放っている。どっしりと立つ後ろ姿が、あまりに微動だにしないので吹き出した。腕に掛けたカゴを持ち直し、マカロニさんの姿勢を真似て、自分もしっかりと胸を張る。

多部ちゃんが、キャベツの中から青虫が出てくる歌をうたっている。

にぎった手の右と左の親指を順に立て「にょき、にょき」と歌う多部ちゃんに合わせて、ナッチが同じ形に親指を立てていく。

「おとうさんあおーむしー」

楽しそうに歌うナッチの、ポニーテールにまとめ損なわれた細くて頼りない後《おく》れ毛が、白いうなじをほわほわと覆っていた。こんな小さな子どもの相手の仕方を、多部ちゃんが知っていることが意外だった。昨日と同じ和室でお茶をすすりながら、ふたりの手遊びを見学する。

昼を少し過ぎてから、多部ちゃんは見知らぬ家族と共にマカロニさんの家にやってきた。たまたま電車で隣り合い、ナッチに話しかけられたのをきっかけに会話をするうち、目的地が同じであることが分かったのだと言う。多部ちゃんと家族を和室に通しお茶を出したマカロニさんは、「だれか力持ち付いて来て」と言い、ナッチの父親を引き連れ二階へと上がって行った。布団を部屋に運び入れているらしい。遠慮なく指示を出すマカロニさんの声が、上の階から聞こえてくる。

「これ、去年の夏に四国の家に行ったときの写真です」

正面に座っているナッチの母親が、スマホの画面をこちらに向ける。反射しない角度を探しながら見てみると、独創的なデザインの一軒家を背景に、家族三人が楽しそうに寄り合っていた。写真は家の裏手で撮られたものらしい。一帯は原っぱになっていて、木製のすべりだいやブランコが置かれていた。敷地の向こうは田んぼなのか畑なのか、豊かな緑色が山裾まで続いている。リビング、バーカウンター、図書室、キッチン。一定のリズムで、ナッチの母親が画面をスライドさせていく。

「ここは施設がすごく綺麗でした。温泉も湧いてたので、おすすめですよ」

「いいとこですね。あ、ケーキ食べてる。このときナッチ誕生日やったんですか」

「そうです、五歳の誕生日でした。家主さんにも滞在中の方にも祝っていただいて。名《な》知《ち》香《か》も喜んでました」

「いいですね、そういうの」

「うちは、時間が許す限り色んなとこに滞在したいと思ってて。幼児期にふれたものって、生涯を通して『当たり前のもの』になるような気がしませんか。ネイバーを利用すると、知らない土地に滞在することも、そこで生活してる人に出会うことも、その人たちと仲良くなることも、全部当たり前だから。それがいいなと思って」

「ああ。確かに、そうかもしれないですね」

「地図を見て人間が住んでることを知ったときに、誰かの顔を思い浮かべられるような子になってもらいたいんです。見たことないものを、自分の大切にしてるものにつなげていけるような。ネイバーを利用することが、そういうことにつながっていくのかは分かりませんけど」

熱量高く語る母親から、心酔《しんすい》しているのか思い詰めているのか分からない、不安げな笑顔を向けられて返事に困り、多部ちゃんがお土産として持ってきたキャラメルサブレを「よかったら食べてください」と勝手に勧めた。家族分の布団を部屋に運び終えて、二階からナッチの父親が下りてくる。夫婦で並び座り、娘の様子を眺めながら午後の予定について相談を始めたので、わたしも多部ちゃんを振り向いた。もう何回目になるのか分からないキャベツの歌は、ちょうど三番にさしかかっている。一番で親指だけを立て、二番で人差し指だけを立てる手遊びの、三番のおにいさん青虫はまさかと思って見ていると「にょき、にょき」と言いながら多部ちゃんが勢いよく中指を立てた。ナッチの母親はこの手遊びを見慣れているのか、おにいさん青虫を左右にゆらす娘を見ながらくすくすとお菓子の袋を開けている。

「みんな今日はこのあと、どうするか決めてるん？　古墳もあるし、海もあるよ。子どもさんが喜ぶのは、海のほうかも知れん」

遅れて下りてきたマカロニさんが、階段から声を掛けてくる。母親がすぐにGoogle

マップを開き「この海なら歩いて行けそう」と父親に画面を見せた。夫婦の様子を眺めつつ、暇を持て余しながら三つ目のキャラメルサブレの封を開けて、ぼりぼりとお菓子を噛む。せっかく多部ちゃんが来ているのだから、わたしだって早く多部ちゃんと遊びたい。お菓子を食べてお茶を飲み切り、手遊びの様子をうかがった。にょきにょきと生えた多部ちゃんの十本指の青虫は、今日何度目かのちょうちょになって、ひらひらと部屋を飛んでいる。

マカロニさんが淹れ直したお茶を飲み、ようやく全員で腰を上げたのは、それからさらに三十分が経過した頃だった。

それぞれの部屋に移ってホッとしたのも束の間、すっかり多部ちゃんに懐いたナッチにせがまれ、結局全員で海に出ることになった。府営公園の敷地内にある人工の海水浴場は、白砂の浜が遠くまで続き、海に沿って遊歩道が整えられている。公園の入口からぞろぞろと海に向かい、けれど砂浜まで降りるのは面倒だったので、わたしは手前の石段に腰を下ろした。波打ち際に父親と母親が立ち、その前をナッチが悲鳴まじりの笑い声をあげて、多部ちゃんから逃げ回っている。肩と水平になるまで上げた肘の、そこから下の腕をぶらぶらと揺らしながらがに股で浜を走り抜ける多部ちゃんを見て、さっきまでごく普通の鬼ごっこを繰り広げていたナッチの父親が引いている。

色の鈍い冬の海岸を、エメラルドグリーンのフリースが跳ね回り、挙動の不気味なショッキングピンクのコートが追い回していた。

まるで親子みたいなふたりの様子を、大笑いしながら動画におさめ、こちらに気づいて手をふる多部ちゃんに大きく手をふり返す。録画を終了してスマホをしまいながら、そう遠くない未来で、本当に誰かのお母さんになってこんなふうに遊んであげている多部ちゃんを、わたしは見ることになるような気がした。ちく、と淋しさが胸をさしたので、

（いや。祝ってあげられなくて、どうすんねん）

窘めるように思い、膝をしっかり抱えて座り直す。冷たい海風に体が冷え始めていた。ショッキングピンクのコートがエメラルドグリーンのフリースをつかまえ、しっかりと抱き込むのを見届けて立ち上がる。駐車場の入口まで戻り、自動販売機で温かいお茶を二本買って戻ると、いつも通りの沈着した様子で多部ちゃんが石段に座っていた。家族は、と見渡すと、砂浜にしゃがんで頭を寄せ合っている。三人で山を作り始めたらしかった。

「おつかれさま。はいお茶」

「ありがとうございます」

「多部ちゃん、子どもの相手すんの上手いな。びっくりした」

「子ども好《す》きなんです」

「手遊びとかどこで覚えんの」

「キャベツは自分が小さいときに保育園で。あとはユーチューブとか。暇なとき見てるんです」

「へええ。そうなんや、知らんかった」

「わたしほんまは、保育士になりたかったんです。でも保育士の給料やと、二十代で家買うの難しいと思ってやめました。家のために夢蹴って、アホやと思います？」

「思うわけないやん、えらいよ。多部ちゃんは立派。仕事でもそれ以外でも、いっつも思ってるよ」

ペットボトルで手のひらを温めながら言う。ついでに首元や頬にもあてて暖をとっていると、しばらく海を向いて銅像みたいに固まっていた多部ちゃんが口を開いた。

「また突然の話、していいですか」

「いいよ。今度はいくらの家買うたん？」

「わたし昨日トモリと別れました。というか振られました」

「え。……えっ、ええっ？　なんでや、嘘やろ」

「ほんまです。今月の初めくらいに別れ話が出て。何べんかに分けて話し合ってたんですけど、昨日正式に別れることになりました」

「そんな。だって。結婚考えてるって言うてたやん」

「本人は最後まで口に出しませんでしたけど、家がきっかけです。わたしが家買《こ》うたんが、トモリにとっては何かの止《とど》めやったんです。だからしゃあないんです。家を買わない選択は、わたしの人生になかったんで」

　立ち上がったナッチが両手を振りながら「たべちゃん見てー」と高く積まれた山の前で跳ねている。ナッチの声を掻き消すように、沖に浮かぶ空港からごうごうと飛行機が上がっていく。言葉を失っているわたしの横で「すごいやーん」とナッチに返事をした多部ちゃんが、一息にお茶のふたを捻《ね》じり開けた。海面にほど近いところを連なって飛ぶ鳥が、群れたり広がったりを繰り返す。先頭に抜け出た一羽がヨットハーバーのほうへと飛んで行くのを目で追い、お茶の蓋を開けた。

トモリくんは、初めて付き合った人なのだと言っていた。

今年で十年になるのだとも言っていた。

なんと声を掛けたらいいのか分からず、混乱しながらお茶を飲む。

一直線に飛んでいた先頭の鳥が、急に方向を波打ち際へと変えて着水した。とつぜん呑気に波間に浮かび始めた鳥を見ながら、相応しい言葉を懸命に探して、もう一口お茶を飲む。

「由鶴さん、さっき沖のほうで鳥が何羽飛んでたか分かります？」

ほとんど会議のときのテンションで訊かれ、海に漂う鳥と多部ちゃんの横顔を、あわてて交互に見比べた。

「増えたり減ったりしてた鳥のこと？」

正解をはかりかねて自信なく答えると、しんと沖合を見つめたまま、多部ちゃんが小さく首を振る。

「数はずっと一緒です、全部で五羽飛んでました。由鶴さんが見てた先頭の一羽を他の四羽が追いかけて、そのうちの一羽が群れからはぐれて行きました。トモリはそういう、はぐれて行くものをハラハラと目で追うタイプなんです。わたしは鳥を見たら、何羽おるか数えたくなります。数えたら終わりです。でもトモリと長くおったから、わたしは鳥が五羽飛んでることも、一羽がはぐれたことも、両方見えたんです。トモリと同じ世界を見てみたいと思って、自分の目ぇの中にトモリの目ぇを住まわせ続けてきたんです。なのになんで。あんなこと言われなあかんねん。わたしほんまに、トモリのこと好きやったんですよ」

多部ちゃんの目から、涙がひとつぶ伝い落ちた。おろおろしながら背中に手を当てると、それ以上泣くのを堪《こら》えているらしい体が、こわばったまま震えている。

「多部ちゃん、我慢せんと泣いちゃえば」

「いやです。これで泣いたら悔しすぎます」

「じゃあ今からそいつを殴りにいこうか」

「チャゲアスですか。なんでこのタイミングなんですか」

「ごめん何となく。というか、よう分かったな今」

「世代ちゃうのにファインプレーでしょ。褒めてください」

「えらい。多部ちゃんはえらい。多部ちゃんは、ほんまにえらい」

背中を撫ぜながら連呼すると、洟《はな》をすすった多部ちゃんが、ふっと体の力を解いて笑った。高く積んだ砂山に、トンネルが貫通したらしい。ナッチが興奮した様子で立ち上がり、たーべーちゃーん。と走り寄ってくる。多部ちゃんが真面目な顔つきになり、さっきの鬼ごっこの角度で肘をさっと上げた。キャーと甲高い声でナッチがのけぞり、わらいながら砂の上に尻もちをつく。

「由鶴さん」

「うん？」

「わたしは、いつか結婚してみたいです」

「……うん」

「子どももやって、産んでみたいです。たくさん」

「うん」

コの字にした腕をぶらぶらと揺らしながら多部ちゃんが言う。腰をぬかしたまま笑い転げるナッチを、父親がいとおしそうに抱き上げて砂を払ってやっていた。完成した砂山を念入りに写真におさめていた母親が、スマホをしまってふたりの元へと歩み寄っていく。

「多部ちゃんはきっと、いいお母さんになると思うよ」

素直に思い、多部ちゃんにそう言うと「由鶴さんは？」と訊き返されたので首を傾《かし》げた。

「なにが？」

「展示会のときの平和顔の人と、そういうこと考えたりしないんですか？」

「え」

「どういう関係なんかは訊きませんけど。あの人のこと、好きなんですよね？」

「いや。あの。初めて会《お》うたひとやけど？」

「無理ですよ、あんなん誰が見ても分かりますって。それに由鶴さん、去年くらいから顔つきが優しくなって。だから展示会で見たとき、あぁこの人の影響やったんや。ってすぐ思いました」

ほとんど確信した口ぶりで、多部ちゃんが言い当てる。ぐうの音も出ずに口ごもっていると、目の前に草原が思い浮かび、その中をうれしそうにマレーバクが歩き始めた。ながい鼻をこころもち丸めて、つぶらな目をまぶしそうに細めて、耳の産毛《うぶげ》はやわらかな風を受けてそよそよとなびいている。黒いからだに白いおしりをゆらして、気持ちよさそうに歩を進めるマレーバクの草原が、あまりにもいい天気で泣けてきた。このやすらかな風景が、この先もほんの少しだって壊れて欲しくないと思った。マレーバクが幸せそうに歩いて行くのを一心に見つめながら、

「そういうことは考えたことないし、きっとこれからも考えへんと思う」

迷いなく答えて、お茶を飲む。「そうなんですね」と呟いた多部ちゃんが、それ以上は何も訊かずに石段から腰を上げた。ナッチを真ん中にして手をつなぎながら、家族がこちらに向かって歩いて来ていた。多部ちゃんに続いて立ち上がり、尻の砂をさっとはらう。

「夜ごはんどうします？」

何事もなかったような顔で体を伸ばしながら言う多部ちゃんに、府営公園の近くにイタリアンが一軒あるのを見つけたと教えると「じゃあそこで」とにっこり笑った。家族とわいわい歩いた帰り道はもちろん、日が落ちるのを待ちながら過ごしたマカロニさんの家でも、それきりお互いの恋について話すことは無かったけれど、開店時間と同時に訪れたイタリアンで、わたしたちは目配せをし合いながら「カンパイ」と大真面目にグラスを触れ合わせて、それから俯いてくすくすと笑った。

その夜は、多部ちゃんの寝息が聞こえ始めても眠れなかった。

布団を頭からかぶって風俗のアプリを開き、ＤＭ画面をどれくらい眺めていたのかは分からない。耳鳴りを聞きながら入力画面を表示して、

〈会いたいです。予約できますか〉

指先でとつとつ文字を打ち込み、笹舟を放つようなさりげなさで宇治に送った。

〈ありがとうございます。次の日曜とかどうですか〉

息を殺して見つめていたＤＭ画面に、数分も経たないうちに返信がつく。ほんの少しの軽薄《けいはく》さも滲ませずに、誠意を持って隔たる宇治のメッセージが、にくたらしくて、少しさみしい。並べられた言葉を何度も読み返して、了承の返信を打った。

あのとき、初めて会ったセラピストが宇治でよかった。

抱きしめるように思いながら画面を閉じ、スマホを枕の下に突っ込んで目をつむる。


混雑するスターバックスで、フードがふっくらと立ち上がった厚手のパーカーに白いスニーカーを履いて、テーブルに近づいてきた男が宇治だったので驚いた。

「こんにちはユヅルさん」

「こんにちは。今日は、若いんやな」

「なにが？」

「服が」

「え、なにそれ。京都しぐさちゃうよな？」

「ちゃうって。スーツ姿しか見たことなかったから、びっくりしただけ。似合ってるよ」

「よかった、会《お》うて早々ダメ出しされたんかと思ったわ。ユヅルさんも今日のワンピースかわいい」

深くえくぼを作って言う、宇治の目線がほんの一瞬、わたしのマグカップをすっと撫でる。

「おれも何か買ってきていいかな」

「もちろん。待って、コーヒー代出すわ」

「いらんいらん、自分で買うから。ケーキかなんか食べる？」

「ううんいらない、ありがとう」

部屋で見るのとまったく同じ体の動きで、宇治が羽織っていたコートを脱いで裏返しに畳み、背もたれのない簡易椅子の上にぽんと置く。長い列に向かう後ろ姿を眺めながら、マグカップをかたむけた。まだ湯気の上がるような温度で、コーヒーは半分以上残っている。空だったり冷めていたりしたら、別の言葉が用意されていたのだろうなと思う。どこまでも徹底されているセラピストの気遣いにうっすらいじけたような気持ちでいると、ふいに宇治が振り返った。

「なあなあ、やっぱりドーナツ半分こせえへん?」

屈託のない顔で訊かれ、

(ほら。しかもこういうことするやん。かなわんわ)

と思わず笑みをこぼして思いながら「ええよ」と明るく返事をする。予約時間内であれば、客はセラピストと自由に過ごすことができる。いつも通り二時間のコースを予約して、大阪城の建つ公園内にある、スターバックスを今日は待ち合わせ場所に指定したのだった。コーヒーを置いて、ソファーに深くよりかかる。窓の外に見える広場の奥で、噴水が高く噴きあがっている。舗装された広い歩道を背の高い木々がふちどっていて、大阪城はここからは見えなかった。宇治が戻ってくると、トレーにはドーナツの隣に、巨大な桜色のフラペチーノがのせられていた。ふたがしまらないほど高くねりねりとしぼられた生クリームの上には、熱帯魚のエサのような平たいフレークがふんだんにふりかかっている。

「だれが飲むんそれ」

「おれ」

「そのサイズでフラペチーノ頼んでるひと初めて見たわ。生クリームの量もすごいな」

「生クリームは大盛りにしてもらってんねん。おいしいでこれ。毎年この時期限定。食べたことない？」

テーブルにトレーを置いて、宇治が向かいの席ではなく、わたしの隣に腰をおろしたので思いがけず緊張した。ソファーによりかかっていた体をそろそろと起こし、コーヒーに手を伸ばそうとすると「あげる」フローズンの部分をすくったスプーンがこちらに向けられている。大人しく口をひらいて食べると、つめたい桜のにおいが舌の上で甘く溶けた。

「うまくない？」

同じスプーンがもう一度フローズンをすくい、宇治の口に運ばれた。スプーンの先をばかみたいに見つめていることに気付き、あたふたと目を逸らす。

いくつやねん、わたしは。

情けない気持ちになり、手のひらが無意識に自分の腹から腿へとすべった。スマホケースの手応えが無いので視線を落とすと、自分の右手が満開のミモザの絵に置かれている。

春服の溢れた店をいくつも巡って、ようやく選んだワンピースだった。

これで最後なのだからと、あの日はユニクロではなく、梅田駅に直結したショッピングモールで宇治と会う日の服を探した。どれも自分に似合わないような気がして、初めはくよくよと店を通り過ぎるばかりだったのが、並べられた色やデザインがさまざまである様子を見て回るうちに、どんな服を着てどんな自分になろうかと、少しずつ胸が躍り始めた。もうずいぶん長い間、そんなふうに服を選んでいなかったことに気がついて、だから十数年分の春をまとめて買い直すみたいに、とびきり明るい色の服をわたしは選んだ。

そこへ今朝、いつもの黒いスマホケースを肩から掛けて姿見に映すと、ワンピースに斜線が引かれているように見えたのだった。何かが台無しになるような気がして身につけるのをやめたことを思い出しながら、黄色い花の絵を撫でた指をコーヒーカップの持ち手に通す。視線を感じて隣を見ると、径の大きなストローでフラペチーノを吸い込みながら、宇治がマグカップのコーヒーを見つめていた。

「ユヅルさんって、スタバでドリップコーヒー飲む派なんやな」

「何その派閥」

「ちょっと意外やったわ。紅茶とかハーブティーとか、お茶系の甘い飲みもん頼んでそうなイメージやった。もしくは、豆乳に変えてチョコシロップ足したラテ、みたいな、一見こだわってるように見えて実はありきたりなカスタマイズをしてるようなイメージ」

「後半ただの悪口やな？」

「ちなみにおれはスタバでコーヒー頼んだこと一回もない。何ならフラペチーノしか飲んだことない」

「子どもやな。と言いたいとこやけど、わたしはスタバに慣れてへんからコーヒーなだけ。ホットコーヒーのＭサイズください、って言ったらこれ出てくんねん」

「スタバ来てそんな注文する人おるん？」

「おるよ。わたし」

「すごいな。スタバの人の対応がすごい」

何がそんなに可笑しかったのか、宇治が手のひらで目を覆いながら体を震わせて笑い始めた。

（これはたぶん、セラピストとしてやなく、ほんまに笑ってるよね）

思いながら、嬉しい気持ちでコーヒーに口をつける。

とつぜん、周りの人たちの話し声が耳に流れ込んできたような気がして、マグカップを両手で持ったままぐるりとあたりを見回した。

店の中も、窓の外も、当たり前のようにたくさんの人で溢れていた。混んでいることはずっと分かっていたのに、人がいることを今初めて知ったような、不思議な感覚で隣に目線を戻すと、宇治がいる。たくさんの人たちで溢れる世界に、ずっと前からいて、これからもどこかにい続ける、誰とも同じではないたったひとりの宇治がやれやれと言った様子で一息つき、

「はあ、おもろかった」

と呟いて、カップをテーブルの上に置く。ドーナツを半分に割り始めた宇治の、形をつぶすこともなく、左右の大きさを違《ちが》えることもなく、器用にきちんと等分する手つきを見ながら、この人を好きになれてよかったと強く思った。中身のすっかり温《ぬる》くなって

しまったマグカップを握りしめて、小さく呼吸を整える。

「宇治」

「なに」

「わたしの他に、お客さん何人おるん」

「えっ。訊くかな？　そういうこと」

「教えて」

「教えません」

「教えてほしいねん、どうしても。おねがい」

静かに懇願《こんがん》すると、ドーナツを割った指を紙ナプキンで拭いながら、宇治が考え込むような顔つきでテーブルに目を落とした。新しい紙ナプキンで右半分のドーナツを挟んでトレーの上に置き、左半分のドーナツがのった皿をわたしの前に置く。真顔でちらりとこちらを見た宇治の、口の端がほんの僅かにあげられる。

「……再就職してから、新規のお客さんには会ってないねん。最後まで連絡してくれた人は、五人。ユヅルさん合わせて五人」

「その人たちって、どんな名前？」

「そんなん、言うわけないやろ」

「みんな普通の名前なん？　それともＳＮＳのアカウント名みたいな感じ？」

「だめ。個人情報なので一切言えません」

「だって、みんなニックネームやのに？」

「そう。ニックネームでも、誰にも言わへん。これは絶対なの。だからこの話はおしまい。ユヅルさん、このあとどうしたい？」

いつもの笑顔に切り替えて訊かれたので、諦めてわたしもきちんと笑い返そうとしたけれど、胸がいっぱいになってしまって俯いた。

「行きたいところある？」

首をふる。

「コーヒー冷めたんちゃう？　Ｍサイズ買ってくる？」

首をふる。

「もしかして部屋取ってたりする？」

「取ってへん」

「うん、わかった。じゃあここでゆっくりしよ」

紙ナプキンに挟まれたドーナツを手に取り、宇治がソファーにもたれこむ。ユヅルさん、と呼ばれて顔を上げると、宇治が自分の左肩をとんとんと叩いている。何も考えられず、引き寄せられるように肩口に頬をのせ、宇治の体に身をもたせた。窓の外で、高く上がった噴水がやがてすぼまり、また空に向かって少しずつ高さを増していく。すこやかな青色がすみずみまで渡るのを見上げながら、どこにも行き場がないような気持ちで「かみさま」光に呼びかけるように言うと、宇治がふと顔を向けた。

「今、かみさまって言うた？」

「うん。宇治って初詣とか行く？」

「行くで普通に」

「あのときって、何をお願いしてるん？」

「お願い？　神社とか寺で、願い事って基本せえへんわ。あそこって、御礼《おれい》を言うとこちゃうの？」

「おれい？」

「仕事見つかりました、ありがとうございます。みたいな」

思わず見上げると、こちらを見下ろす宇治の顔が優しい。あまりにも近くで目が合ったせいで笑ってしまい、すぐに窓の外へと顔を向けた。

「そっか。御礼を言うたら、いいんや」

言い聞かせるように呟くと、

「まあ、神頼みするときもあるけどな」

宇治が笑いながらドーナツを齧る。

頬をつけたパーカーから、柔軟剤のほんのりとした香りに混じって、何度も読み返した本を開いたときのような匂いがした。きっと宇治の家の匂いなのだろうと思い、深く息を吸い込んで目をつむる。宇治の、わたしの、身につけた服越しにも体温はゆっくりと行き交って、体のすみずみまで運ばれていくようだった。ありがとう。と胸の中に湧いた想いが、さらさらと、きらきらと、果てしないものに姿を変えて、どこまでも流れていく。それ以上は何も話さないまま、どれくらいぼんやりしていたのか、自分では分からなかった。分けてもらったドーナツをゆっくりと食べ、時々思い出したように冷たいコーヒーに口をつけ、うとうとしながら噴水を眺めていると、宇治がゆっくりと腕時計を見る。

「ユヅルさん、延長する？」

「もうそんな時間なんや。ううん。延長は、しないです」

「今日ってもしかして、最後の予約やった？」

「うん。この二時間が終わったら、退会するつもり」

ゆっくりと頭を起こし、自分も時計を確認すると、ぴったりと二時間だった。飲み残してしまったコーヒーの入ったマグカップをトレーに置き、紙ナプキンをひとまとめに片付ける。テーブルも拭いておこうかと、小さなおしぼりの封を切っていると、

「なあ、ユヅルって本名やろ」

唐突に宇治に訊かれた。特に否定する必要もない。袋からおしぼりを取り出しながら頷くと、宇治が横から手を伸ばして受け取って、フラペチーノの結露が作った水たまりをおしぼりにじっと吸わせた。

「なんとなくそうやと思ってた。どんな字書くん」

「自由の由に、鳥の鶴」

「へえ。おれは、氏名の氏に久しぶりの久で、氏久《うじひさ》」

「……氏久？　いい名前やね」

「本名当ててもうたから、これでおあいこってことで」

そのままテーブルをぐるりと拭いてトレーの端に置き、
「ほんじゃあ、由鶴さんが嫌やなかったら、ハグしよ」
と宇治が体をこちらに向ける。人目の無いホテルの部屋にいるときと同じ、ほんの少しのためらいも感じさせない堂々とした無邪気さで言うので「セラピストって、ほんますごいな」思わず声に出して言うと、「そうやで、すごいねん」と宇治が微笑んだ。

レジの人間が代わったらしい。注文を受けるたびに呪文のように飲み物の名前をうたいあげていた声が、女性のものから男性のものになっていた。そんなに長い名前の商品があるのかと感心してしまうほど、ダブルだのシロップだのを寿限無の朗読さながらに復唱する声が、店内に大きく響いている。

「さいごは、宇治と握手がしたい」

喧騒に負けないように声を張り、自分も体を向けながら言うと、

「うん、じゃあハグやなく握手にしよ」

と答えながら、宇治がまっすぐに背筋を正す。手のひらをそっと差し出すと、大きな手のひらがしっかりと握ってくれた。温かいものが体じゅうにめぐり満ちて、

「わたし、風俗使ってよかった」

こらえきれずに伝えると、ななめ前に座っている若いカップルが、ぎょっとしながら振り返った。手を握ったまま「声でかいねん」と可笑しそうに肩を揺らしながら、宇治がこちらに顔を近づける。

「ありがとう。そんなふうに言うてくれて」

右耳のすぐそばで、「氏久」の声を聞かされる。いつも宇治が施術の最後に改まって礼を言うときに放つ、いちばんにやわらかな声だった。いつも、あの礼の瞬間だけは、「宇治」ではない誰かの気配を感じていた。そしてその声の主に絶対に触れないようにすることが、わたしにとっての恋だった。握られた手のひらに、強く力が込められる。すきやで。思いながら、同じ強さぶん、わたしも手のひらを握り返す。

「由鶴さん、元気でね」

宇治に言われて頷いて、どちらともなく握手は解かれた。スターバックスを出て、言葉少なに公園を駅の方へと歩き進め、広い歩道に出たところで宇治がＪＲを使うと言うので、わたしはその反対に位置する、地下鉄で帰ると嘘をついた。明日も会うような気軽さで「またね」と手を振り合って別れ、しばらく歩いてから振り返る。最後に後ろ姿を見たいと思ったけれど、宇治の姿は人波にすでに紛れてしまって、ほんの少しも見ることはできなかった。足を止めて、さっきくぐった桜門へと顔を向けてみると、石垣の上から天守閣の銅瓦がのぞいている。しばらく見上げてから、ふらりと体の向きを変え、本丸広場に戻り向かう。


生まれて初めて、大阪城にのぼった。

金の茶室にたまげて、夏の陣のミニチュアをじっくりと眺めて、展示を見学しながら天守閣の階を上がっていく。最上階にたどり着き、回廊式の展望台を北側へと歩いて行くと、大阪城ホールの平たい屋根が見えてきた。立ち止まり、その向こうへと目線を上げると、宇治と出会ったホテルが誇らしげに建っている。ラウンジからこちらを見つめた日のことを思い出しながら、その場で女性向け風俗のアプリを立ち上げ、退会の手続きを終わらせた。

ホーム画面からアプリを消し、スマホをしまって顔を上げる。

ここから見える高層ビルに商業ビル、主要な公共の施設をいくつかのぞいて、空の底に敷き積もるようにひしめく建物の、ほとんどが家だった。遠くにいくほど淡くなる景色の、その灰色の靄の中にも、数えきれないほどの家がある。

「みんな、よう建てたなあ」

信じられない気持ちで見渡した。手すりにもたれて東風《こち》を受ける。天守にくっついたシャチホコが、晴れ空にぴかぴかと光っているのを見て、訳もなく口元がほころんでいく。もしいつか、誰かにとってのたったひとりになれるようなことが、わたしの身に起きたとしたら素晴らしいだろうと思う。けれどもし、そんな巡り合いがなかったとしても、わたしは今も、きっとこれからも、自分がひとりであるとは思わない。

恋をしたい。

ひろびろとした気持ちで思う。

取るに足らないものでいい、わたしの行く先に現れたものと、どこまでも歩いて行ってみたい。何かを与えられる自信がなくても、何かを与えてもらえる約束がなくても、そのままどれだけ歳を重ねたとしても、堂々と慈しんでは制したとも敗れたとも思わずに、この世界の中で笑っていたい。自分はそんな人間でありたいのだと、思わせてくれた人だった。この先まだまだ続いていく道すじを、そんなふうに生きていきたいと思える力を、わたしにくれた人だった。大きな街に、やさしい面長の顔がうかぶ。もう二度と会うことがなくても、氏久と呼ばれて返事をするひとの家は、この中のどこかに必ずある。

元気でね。

こころの底から真面目にとなえて、大阪城をあとにする。


大音量でレゲエを聴かされながら、マカロニさんの運転で山道をのぼっていく。待ち合わせをした奈良駅から車で十五分も走らないうちに、後部座席から見える風景はすっかりのどかなものになっていた。鳩が歩くときの首の動きでレゲエのリズムを刻む多部ちゃんが、繰り返されていた「らら」と言うサビまで口ずさみ始めたので、相当機嫌がいいのだろうと思い嬉しくなる。三人で、マカロニさんの絵が保管されているアトリエに向かっている。

新築祝いとして、多部ちゃんに絵を贈ろうと思いついたのは、宇治と別れた日の帰り道だった。

最寄駅から商店街を抜け、アパートに続く道の両脇に建つ家々から立ちのぼる夕餉《ゆうげ》のにおいを嗅ぐうちに、なぜかマカロニさんの家を思い出し、そこで食い入るように絵を見ていた多部ちゃんの姿を思い出した。喜んでくれるのではないかと思ったけれど、絵を選ぶセンスが自分にあるとは思えない。ネイバーベースはお試し利用をしたきり解約してしまっていたけれど、その日のうちにマカロニさんに電話をかけて相談をした。買っても買わなくてもどちらでもいいので多部ちゃんを連れてアトリエに見に来ないかと快く誘ってもらえた翌日、出社してからそのことを話すと、

「めっちゃうれしいです」

と目を見開いて、多部ちゃんは握っていたボールペンをかちかちと鳴らした。マカロニさんの都合がつくのが三月最後の日曜日だったので、月末までを指折り数えて、こうして今日、ふたりで会いに来ているのだった。

山林をただ分け入るだけだった山道に、ふたたびぽつぽつと住宅が建ち始めたあたりで、アトリエが見えてきた。一回の切り返しですんなりと駐車場に停め、マカロニさんがエンジンを切ると山の静けさが押し寄せた。外から見ると何の変哲もない、築年数の古そうな戸建ての中に入ってみると、一階部分の壁がすべてぶち抜かれている。

「攻めた家ですね」

面白がりながら、多部ちゃんと家を見回した。玄関上に位置する二階の和室は、床が抜かれて吹き抜けのようになっている。アトリエは、絵や造形を行う複数人で借りてい

るのだと言う。家を改築する際にはマカロニさんも呼ばれ、手作業が可能な部分は自分たちで作り上げたのだと、レゲエの響き渡る車の中でマカロニさんは話していた。アトリエの家主自身も絵を描く人間らしく、来月のグループ展覧会は、家主も含めた四人で行うらしい。

「靴のままでいいよ、上がって」

「これ、ほんまに自分らでやりはったんですか」

「うんそう、壊してん」

「こんだけハチャメチャに壊して崩れへんのがすごい」

「でも残さなあかん柱とかは、ちゃんと残ってるよ。業者の人に見てもらってん」

「ホームインスペクション、てやつですか？」

「ああそうそう。由鶴詳しいな、さいきん家でも買うたん？」

「いえ。あの、テレビで見て」

「それ、こないだやってたやつじゃないですか？　わたしも見ました。あの住宅診断士渋かったですよね。ああいう彫《ほり》深い系の顔、めっちゃ好きなんです。立体的であればあるほど良し」

「ああそう。じゃああんたもトルコ行ってき。楽しいよぉ、きっと」

うっとりと言う多部ちゃんに笑いかけながら、手袋をはめたマカロニさんが箱から絵を取り出して並べ始めた。ノートほどの大きさのキャンバスに描かれているのは動物をモチーフにしたものが多く、どれも派手に色を放っている。絵の予算は事前にマカロニさんに伝えて、わたしに買える範囲のものを用意してもらっていた。

並べられた色とりどりの絵を前に、多部ちゃんが真剣に選びだす。

右端の絵にピンク色のマレーバクが描かれていたので、気になって後ろから覗き込んでみたけれど、よく見たらゾウなのかもしれなかった。テーブルから離れて一階部分をぐるりとまわり、玄関に戻って吹き抜けを見上げてみる。二階の天井にぶら下げられたままの四角い照明器具を見つめながら、どれだけ変貌させても「家」を倒れさせせない住宅診断士のことを思い、少し前に会った人のことを思い出す。


住宅診断を、ほんとうは半月前に受けたところだった。

今住んでいる町の、商店街ではなく山の方に建つ中古の戸建てまで、不動産屋の車で急な坂をぐんぐんのぼり、家屋の前で住宅診断士と合流した。坂の上の空き家は割安なんですよと不動産屋の親父が言い、坂の上は水害の心配もないし、昔からの土地は地盤もしっかりしてるから地震にも強いですと住宅診断士の若者が言った。住宅診断士の話す西の言葉の訛り方には、このあたりのものとは違う種類の温かさがあって、それがとても心地よかった。

のぼってきた道を、振り返って見渡した。

生まれ育った町と、いつの間にか同じだけの時間を過ごしたこの町で、自分の家を探してみようと思った。物件の検索対象を新築マンションから中古や戸建てに広げていく中で、まるで生家のような外観をしたサムネイル写真に目がとまり、ページを開いて詳細を見てみると、内観も驚くほど似通っていた。そのときは特に気に留めず、すぐにページを切り替えて他の物件を探し始めたのだけれど、翌日もその翌日も、この家のことが頭から離れなかった。

住んでみたいと思っているのだと、三日目になってようやく気づいた。

五百万円の高台の家は小ぢんまりとした二階建てで、自分が生まれたのと同じ年に建てられたものらしかった。不動産屋に内見希望の連絡をして、テレビで見たところだったので、ついでのように住宅診断も依頼した。半年前まで、人が住んでいた家だという。

実際に足を踏み入れてみると、つくりは古いけれど清潔で、くすくすと肩をたたいてくるような明るい空気に満ちていた。玄関の横にある陽当たりのいい小さな庭に出ると、その日着ていたワンピースの柄と同じミモザが、枝いっぱいに花をつけている。診断を待つあいだ、縁側に腰をかけて庭を眺めながら、ここでビールが飲みたいと思った。七輪を買って来て、季節のものを焼いて食べたら楽しいだろうと思った。そのときは、家族も多部ちゃんも、全員まとめて呼びよせたい。縁側好きの父と母は、必ずここに腰をかけるだろう。兄からは酒を取り上げて、そのぶんコマちゃんに飲んでもらおう。ナオはきっとすぐに多部ちゃんに懐いて、自分の宝物を次々に見せびらかす。そんな光景を眺めながら、七輪で筍を焼きまくったら幸せな気持ちになるだろうと思い、胸を熱くして思わず立ち上がると、住宅診断士がにこにこと頷きながら戻ってきた。

「しっかり建てられた家です。天井裏も床下も状態は良好ですし、気にされてたリフォームについても、建物の構造上しやすいと思います。いい家に出会いましたね」

住宅診断士の穏やかな口調が、よく知った人のものにそっくりだったので、

「ありがとう」

と感謝を伝える言葉に、特別に心がこもった。家の印象を訊いてきた不動産屋の親父

に「好印象です。買います」とその場で言うと、庭とワンピースのミモザを両方揺らしながら、春風がはっきりと吹き抜けた。


「これがいい。わたしこの絵が好きです」

多部ちゃんが、紅潮した顔で言う。さざめく水面からうねり伸びているのが植物なのか動物の手足なのかは分からない。生命力逞《たくま》しく絡み合う彩りの中央に、強いまなざしでこちらを見つめる動物がいる。

「ええやん。それは馬かな？」

「由鶴さん、馬見たこと無いんですか。これゴリラでしょ？　ゴリラですよね？」

「マンドリルやで。気に入ってもらえてうれしいわ」

「多部ちゃん、ゴリラちゃうかったけどほんまにその絵でいいんか」

「いいんです。動物が何やったとしても、これが好きです。マカロニさんの絵、ほんますてきです。これから少しずつ揃えていきたいな」

「嬉しいねぇ。大きい絵もあるよ。高いよぉ」

「あのしゃれた北欧の部屋にこれ飾ったら目立つやろうな」

「多部ちゃん、ここに住所書いてくれる？　絵は家のほうに送るから」

宅配便の伝票を渡して、マカロニさんが箱に絵をしまっていく。展覧会の準備で忙しくしていることは、車の中でのマカロニさんの話しぶりからもよく分かった。お茶を用意しようとしたマカロニさんを多部ちゃんとふたりでやんわりと止め、長居しないつもりで来た旨を伝えて、来月の展覧会に行くことを約束しつつ暇《いとま》を告げた。

マカロニさんの用事に合わせて、来たときとは違う駅まで車で送ってもらうと昼過ぎだった。

うっすらと汗ばむような春の陽気に、駅の階段をのぼりながら、羽織っていた薄手のコートを脱ぐ。今朝の天気予報で桜の開花宣言と共に京都御苑の映像が流れていたことを思い出し、

「このまま御所《ごしょ》とか行かへん？」

思いついて多部ちゃんを誘うと「いいですね」とすぐに返事がきた。京都までつながる路線であることを確認して、多部ちゃんと電車に乗る。

「ねえ由鶴さんって、投資とか保険とかどうしてます？」

五駅ほど過ぎたあたりで、多部ちゃんにもらった飴の包みをほどいていると、隣から

のんびりと訊かれた。

「ああ。一切やってへん」

「やっぱり」

「やらなあかんとは思ってる」

「ほんまですか？　ちょっと一緒に勉強しません？」

「え、やるやる。多部ちゃんが一緒やったら心強いわ」

「わたし家買《こ》うたし、お金の流れをいっぺん整理したいなと思ってて」

「どこまでもえらいな。でもそうやんな。実はわたしも最近、銀行から資産運用すすめられたとこ」

「そうやったんですね。じゃあちょうど良かったですね」

　多部ちゃんが嬉しそうに言いながら、話したくてたまらなかったという様子で「外貨積立」や「投資信託」のそれぞれのメリットについて、すらすらと話し出す。

　内容の違いが全く分からないまま相槌を打ち、遥かに積み重なっていくお金のイメージだけが脳内で膨らみかけた瞬間、手のひらにふと乾いた紙の感触がよみがえった。自分の指に目を落とすと、四角に畳んだ飴の包み紙を、親指と人差し指がぼんやりと挟み持っている。

お金はもっと、すべすべしてたか。

思いながら、確かめるように紙をなぞった。畳んだ包み紙を開き、今度は三角に折りながら、つい先週銀行で触った、現金の手触りを思い起こす。


「実物を見てみたいと思ったので」

出金理由を訊かれてそう答えると、窓口の行員は要領を得ない顔つきで、不安そうにまばたきをした。まだ学生のあどけなさが残る、華奢な女性行員だった。実物を見た後の用途について重ねて確認されたので
「見た後はすぐまた口座に戻します。預け入れて帰ります」

と説明すると、行員の顔にますます困惑の色が浮かんだ。

家の購入手続きが進められる中で、大金を使う怖さや躊躇《ためら》いは不思議と感じず、ただ、ここまで一心に貯め続けてきた自分のお金は、使う前にひと目見てみたいと思ったのだった。出金額は、家の価格である五百万円を希望した。待合椅子に掛けていると程なく呼ばれ、どきどきしながら窓口に向かうと、紙幣の束がこぢんまりと積まれている。

「これだけ？」

思わず上げた自分の声に驚いて、あわてて口元に手を当てた。首を傾げて手元の依頼書類を確認し始めた行員に、

「ごめんなさい、合《お》うてます。間違いなく五百万円です」

と謝り、拍子抜けした気持ちで紙幣を見つめた。想像の中で空高くそびえ立っていた預金残高が、その半分の額だとはいえ、目の前に置かれたささやかな高さに収束されていることが俄《にわか》には信じられなかった。

受け取りを促されて手を伸ばし、紙幣の表面を撫ぜてみると、すべすべと乾いている。

そのまま紙幣のふちに人差し指をすべらせ、ゆっくりと高さをなぞると、入社してから今までの間、自分が見てきたあらゆる風景が、味わってきたあらゆる感情が、出会ってきた人々から掛けられた言葉が、目まぐるしく身の内で像を結んでいった。

これだけ、やない。こんなに、なんや。

底辺にたどり着いた指を握りしめる。小さく頷いて、たった五センチメートルほどの自分の片割れに手のひらを乗せ、よしよしと撫でて労《いたわ》った。最初から最後まで怪訝な表情で眺めていた行員に、

「ありがとうございます。次は、預け入れの手続きをお願いします」

と声を掛け、何だか踊り出したいような気持ちで待合椅子に戻り、わたしは楽天スーパーセールで七輪を購入したのだった。


「ここからやったら御所やなく、平等院もいいですね」

投資についての話を一通り終えた多部ちゃんが、路線図を見上げながら言う。平等院ってどこにあるんやっけ。訊き返しながらスマホを取り出し、Googleマップで検索した。最初の表示では地理が分からなかったので、縮尺を変えるため画面に二本の指を当て、指を狭めながら縮小する。地図の左端に今乗る路線が現れたところで縮小を止め、最寄駅の名前を確認して息が止まった。

「桜咲いてるかは微妙ですね」

平等院のポストをXで調べながら多部ちゃんが言う。

「でも好きなんですよ平等院」

「……わたしはどこでもいいよ」

「やった。じゃあ次で降りましょ。駅からは歩いていけるはず」

多部ちゃんが飴の袋を鞄にしまい、元気よく立ち上がった。畳んでいたコートを羽織ろうとして「暑いですかね？」と手を止め、向かいの車窓から外の様子を窺っているので、同じように顔を向ける。どこにでもありそうな町並みに、春の陽がさんさんと降り注いでいた。小さく深呼吸をして、振り切るようにしっかりと口角を上げる。

「なあ多部ちゃん、ぜんぜん関係ない話してもいい？」

「え、まさか」

「わたし家買うねん」

「うわー、ほんまですか」

「家買うって言うの、たしかに興奮するなぁ。もう一回言っていい？」

「これ、言われるほうもやばいですね。めっちゃドキドキしてきた」

「そうやろ。わたし家買うねん」

「はぁ、動悸」

「わたし、家買うねん」

「はぁ、くるしい」

胸を押さえながら笑っている多部ちゃんの声にかぶさるように、電車のアナウンスが次の駅の名前を告げる。じん、と胸に湧いた痛みが、けれどすぐに淡く滲んで、窓の外を流れる春の日差しに解《と》けていく。車内に繰り返される、この先もずっと忘れることがないだろう名前を受け止めて、鞄を肩に掛け立ち上がる。

宇治に、桜が咲いていますようにと祈る。

ゼログラムの花束

自分がモブや。って分かった時点で、ふつう告白なんかせえへんやろ。

ぼんやりと思いながらノートパソコンに手を伸ばし、一・五倍速で見ていたTVerを早送りする。今期の人気ドラマに先週から登場した、自他共に認めるモブ、元《もと》い「いかにもその他大勢」な役どころの男が主人公から振られたシーンが一瞬で終わり、そのあとに始まった過去回想が飛ぶように過ぎていく。

昼過ぎに九十分コースの施術を一件こなし、シャネルさんの予約まで二時間空くので帰宅して、今週放送されたテレビ番組を確認しているところだった。

シャネルさん曰《いわ》く、動画配信サービスが豊富にある中わざわざ地上波の番組を見たりするのは、年代や趣味の共通項を持たない相手との雑談を成立させるためらしい。セラピストになって半年ほど経った頃、シャネルさんを始め複数の客から似たような話を立て続けに聞かされて以来、彼女らが社交の材料にしている番組を流し見る習慣がついていた。ワイドショーやバラエティは、女性の「常識」にチューニングするために。話題になっている恋愛ドラマは、女性の「理想」を把握するために。その「理想」を、ごく自然な形で踏襲するために。

(走馬灯ってこんな感じなんかな)

次々に切り替わっていく断片的な映像を眺めながら、TVerの十秒送りを連打する。程なくドラマ内の時間軸が現在に戻り、相手役の俳優が画面に現れた。早送りする手を止め、動画再生の速度を等倍にする。背丈や体型が自分と似ているので、動作も仕草も参考にしやすい俳優だった。

ソファーに浅く掛けたまま身を乗り出し、俳優の動きに注視する。

主人公とオフィスを並び歩く時の速度。体同士の距離感。主人公から食事に誘われ、相槌《あいづち》を打つまでの間《ま》。軽口。同僚に呼び止められて振り返る時の体の角度。商品企画を手がけたベビー雑貨のシリーズに、重大な欠陥があったと知らされた時の「素」の顔つき。

ドラマがそこで終わったので、TVerのカテゴリーを報道に切り替えた。スクロールし、

「進化系ご当地スイーツ」と書かれたサムネイルをクリックして立ち上がる。

夕方のニュースで放送された特集だったのだろう、京都の銘菓をアレンジしたスイーツや店舗の紹介に、何となく耳を傾けながら冷蔵庫を開けた。中身の入っていない冷蔵庫から清潔な冷気が足元に落ちて、フローリングの床を冷やしていく。ホテルからの帰りにコンビニで買った大根の袋サラダと豆腐を取り出し、深皿にあけて塩を振った。常備している蒙古タンメン中本が目に入り、ニンニクの効いた旨辛いカップラーメンの味が過《よぎ》る。ほぼ無味無臭の豆腐サラダより、よっぽど食欲を刺激されながらも、

(こんなん食うた後でキスしたら、シャネルさんに本気でどつかれそうや)

戒めるように思い、ほとんど潔癖と言ってもいいシャネルさんのために、匂いのない食事を手にソファーに戻る。この仕事を始めて一年半が経とうとする中で、シャネルさんは自分にとって一番の古参だった。歳の頃は五十前後か。彼女の自宅である中之島のタワーマンションで施術を行い、その後食事に出かけるのが定番のコースで、週に一度のペースで予約を入れてくれるシャネルさんは一番の上客でもある。

サラダを頬張りつつスマホを手に取り、予約時に共有されたレストランの公式ページをウェブで開く。上質なカウンター席や丁寧に盛り付けられた料理の写真を眺めながら、

黒のジャケットでワントーンコーデにするのが無難か、それとも春めいた明るいグレージュのセットアップにするか、相応《ふさわ》しい服装について考えを巡らせていると、

「何でも小《ちい》ちゃくして食べさせたなぁって、急に懐かしくなって」

聞き流していたTVerから知った声がして鳥肌が立った。顔を上げ、ノートパソコンの画面に映し出されているものを確かめる。和菓子屋の店内で、緊張した面持《おもも》ちで微笑む販売員の、左頬にだけ深くえくぼが浮かんでいる。

「ミニチュアみたいな八ツ橋を作ったんです」

販売員がそう言うが早いか、極小の八ツ橋が並べられたマッチ箱ほどの商品に映像が切り替わった。老舗の和菓子屋で今月から売り出された玩具のような商品は、従業員たちで期間限定の八ツ橋の試食を行っていた際に、件《くだん》の販売員が生地を切り分け小さな八ツ橋を作っているのが、製造者たちの関心を引いたのがきっかけだったらしい。

箸を持った手をふらりと伸ばし、パソコンのタッチパッドに小指を滑らせ、映像を十秒前に巻き戻すボタンをクリックする。見覚えのある町並みが映り、和菓子屋が映り、同じ販売員の同じセリフが同じ声で話される。再び商品説明の始まった画面に見入りながら、もう一度ボタンをクリックした。

同じくだりを眺め、販売員が画面から消えればもう一度。

それが終われば、またもう一度。

何度でも。

サラダを食べるのも忘れて同じ場面ばかりを繰り返していると、販売員が名札をつけていることに気がついた。一時停止をして画面に顔を近づける。

古賀《こが》。

画質の粗さに形を崩され、明瞭に読むことの出来なくなった文字は、けれど間違いなく「古賀」の面影を持っていた。こが。放心したまま呟き、停止画面と同じように身を固くして、パソコンの前でフリーズする。

いまも、あの町に住んでるんや。

そっと思い浮かべると、左手にスマホ通知の振動が走った。身を起こし、スマホの画面に目を落とす。指名の予約が入ったらしかった。握ったままになっていた箸を深皿のふちに掛け、ソファーに寄りかかりながらアプリを開く。登録名に覚えがないので利用履歴を辿ってみると、初回利用時も二回目も、自分が担当した客だった。

（わかった、トヨトミさんか）

ようやく合点《がてん》が行き、すぐにDMから予約の礼を打つ。三回目の利用は、完結して退会する客と、同じセラピストを指名して継続し続ける客の分かれ目になることが多かった。作成したメールの文面を読み返し、前回の利用時に交わした話題を何となく追記する。送信してスマホを置き、息をつきながらパソコンの画面を見つめ、セットアップの服に合う靴持ってたっけと考える。


「宇治《うじ》くんも、次は赤でええやんな？」

ワインリストをソムリエに返しながら、シャネルさんに訊かれて片笑《かたえ》んだ。

「嫌やって言うても、ボトルで頼んでもうてるやん」

「ふふ」

「おれが飲まな、飲み切られへんやろ」

「嫌なんや？」

「ぜんぜん」

「せやろ。知ってる」

満足そうに笑みを浮かべ、最初に頼んだシャンパーニュの残りをシャネルさんがすい、と飲み干す。

施術後に連れられて来たのは、柔らかな薪《まき》の香りに満ちたフレンチレストランだった。薪を焚《く》べることのできる煉瓦作りの焼場がオープンキッチンの中央に設けられ、内側を白く光らせた炎が煌々《こうこう》とあがっている。緩衝材をプチプチとつぶしているような、薪のささやかに爆《は》ぜる音を聞きながら自分もグラスを空《から》にした。よく知っている直線的な細長い形では無い、優しいふくらみのある卵形のグラスをカウンターに置きながら、

(またこのグラスや。泡をこうやって飲ませる店、増えてんのかな)

何気なく思うと、脳の奥がうごめいた。このグラスで提供されているのを最初に見たのはいつだったか。それはどんな業種の店だったか。数軒の店で見た記憶があるけれど、正確には何軒か。プログラムされたチャットボットのように、質問が無機質に繰り出される。ひとりでに回路が繋がっていき、違和感が「傾向」として仮説立てられ、乗っ取られたように思索する。

もしこれが「傾向」であった場合、その理由は。

認知度は。

トレンドや常識になりうる可能性は。

既存店が導入する必要は。

価値は。

あるとすれば、その優先度は。

畳み掛けるように思い耽《ふけ》っていることに気づき、これパブロフの何とかってやつやな。と自嘲《じちよう》して、緩んだ口元をナフキンで軽く押さえる。こうした分析や推察はすべて、飲食業界に従事していた頃に叩き込まれ、考えることに熱中していた日々の後遺症みたいなものだった。

もう終わってん。そういうの。

言い聞かせるように思いながら、膝にナフキンを掛け直す。

「ボトル、何にしたん？　やっぱブルゴーニュ？」

二人で食事をする時の定番となっているワインの産地名を挙げ、左隣に顔を向ける。窪《くぼ》み始めた二重瞼《ふたえまぶた》をぱっちりと開いて、まるで動物でも観察しているような好奇心に満ちた目で、シャネルさんがこちらを見上げていた。

「宇治くんって、そういう顔してる時、どんなこと考えてるん？」

面白そうに問いかける彼女の耳たぶで、宝石の配されたシャネルのロゴマークが、薪《まき》火《び》にちりちりと光っている。小柄な体の線がはっきりと出るニットの中央にも、綺麗に巻かれたロングヘアを後方で纏《まと》める髪留《かみど》めにも、当然のようにシャネルのロゴマークが入っていた。シャネルさんは、自分の好きなものを隠さない。それは全身を包むシャネルであったり、料理との相性を度外視したワインという形で分かりやすく提示され、隠せないのではなく隠さない選択をしているのだという彼女の強い意志を感じさせる。好きなものへの執着やこだわりの強い女性ほど、要求するサービスが分かりやすくてありがたい。シャネルさんのための「宇治」をしっかり呼び起こしながら、

「さっき見たくびれ。なんか痩せはったな、今週忙しかったんやろうな。多分また、なんかしら頑張りはったんやな。って考えてた」

声のトーンを変えず、何でもないことのように言うと、シャネルさんの表情が頼りなく揺らいで少女じみた。

「うそやな?」

「ほんま。やから今日はいっぱい食べて」

「いっぱい?　嫌や」

「なんで」

「太るもん」

「それ言うの好きやな。太ってへんやん」

「太った。変わった。昔はもっと細かった」

「昔のことなんか知らんわ」

「言いかた冷たぁ」

「ちゃうやん、昔のことなんか気にせんでええのに、って意味」

「ええ?」

「いまも細すぎるくらいやもん。おれが言うねんから、ほんまやで」

「……宇治くんは、調子ええなぁ。いっつも」

完璧な弓形で描《か》かれた左右対称の眉を寄せて、泣き笑いのような顔でシャネルさんが呟く。赤ワインのボトルを手に戻って来たソムリエが、シャネルさんに声を掛けてラベルを見せ、手際よく抜栓《ばっせん》し始めた。

(今日のデート分の対価は、今の会話で払えたかな)

思いながら、ワインラベルに視線を走らせ、生産者と銘柄を確認する。この店、いくらで売ってるんやろ。よく知ったワインの販売価格に興味を抱きながら、すぐにシャネルさんに視点を戻す。テイスティングを済ませてこちらに向き直った彼女と目を合わせて微笑み合うと、さっきの表情を引きずっているのか、笑顔が少しぎこちなかった。ワインが注《そそ》がれ始めたことなど気にも留めずにシャネルさんが口を開く。

「知らんとこに出かける時にな、帰りしなより行きしなの方が長く感じたりするやん。あれ何でやと思う？」

「ああ確かに。何でやろ？」

「期待するから、やねんて」

「期待？」

「こんなものがあるかも知れん、こんなことが起こるかも知れん、一体何が待ってるんやろう分からへん、っていう可能性への期待。楽しみやぁ、とか、不安やぁ、っていう気持ちも含めての期待」

どちらのグラスにも赤ワインが注がれると、席を離れたソムリエと入れ替わるように前菜が運ばれてきた。皿の手前に寝かされ花びらを散らされた蛍烏賊《ほたるいか》は、燻製《くんせい》の香りをまとっているのだと言う。瑞々《みずみず》しいホワイトアスパラガスは岩手産で、トリュフの添えられている卵黄のソースは和芥子《わがらし》が隠し味になっているのだと言う。口をつぐんだだけで説明など全く聞いていないのだろうシャネルさんが、緩慢な手つきでグラスの脚をつまみ、無表情で赤ワインを傾けた。彼女の分まで丁寧に相槌を打ち、説明を終えたウェイターに目礼する。

「じゃあ帰り道は、期待してへんてことなんや？」

中断された会話を呼び戻しながら、ナイフとフォークを手に取った。蛍烏賊の膨らみ切った腹にフォークを立てる。左手が加えた力を意識することもないまま、刃が皮を破る感触を、フォークの柄に添えた人差し指が捉えた。新鮮やな。判定するように思いながら、蛍烏賊を口に運ぶ。

「だって。何も待ってへん、って分かってるからね」

シャネルさんの声色があまりに冷淡だったので、思わず蛍烏賊を飲み込んだ。数回噛んだだけの固形物が食道を落ちていくのを感じながら隣を見る。シャネルさんは安らかな顔で、切り落としたホワイトアスパラガスの穂先にトリュフを丁寧にのせている。

「宇治くんて、出身どこやっけ？」

「まあ、この辺」

「ああそうや。前にも聞いたわ。あたしはな、ど田舎出身」

「言っとたな。ええやん。自然いっぱいで」

「それ嫌味？」

「え、うそ？　全くそんなつもりないけど」

「ふうん。ええな。都会っ子は」

「ああこれは、嫌味やな？」

「そうやで。伝わって良かったわ」

愉《たの》しそうに笑いながら、トリュフの上に黄色い花びらを一枚載せ、シャネルさんがようやくフォークを刺す。

「あたしな、自分の田舎嫌いやねん。熟《こな》したことが年表に書かれるんやなく、年表に書かれてることを熟していくような土地やから。自分が死ぬまでに辿る道の見通しが良すぎて、何《なん》も面白《おもろ》いことない。もう歩く気も起きひん。やから、絶対帰りたくないし帰らへんって決めて大阪に出て来てん。自分は田舎に馴染むことの出来なかった、特別な人間なんやと思い込みながら」

そこまで話したところで、全部の味がするよう上手に作られた一口が頬張られた。必要以上にプライベートは晒《さら》さず、言葉遊びのような会話を好むシャネルさんから、こんなふうに身の上を話されるのは初めてのことだった。機嫌よく咀嚼《そしゃく》しながら探るように見つめられて、「宇治」を一瞬見失う。笑うべきか。切なげにするべきか。考え込むような素振りが適切か。判断の遅れたことを勘付かれたのかは分からない。シャネルさんが視線を落とし、皿の上で次の一口を作り始めたので、頷くだけの相槌を打つ。

「そんな人間がな、おとつい、三十年ぶりに田舎に帰ってん。伯母が亡くなったから。伯母っていうても、ろくに面識もないのに。連絡寄越してきた母からも、別に無理して来んでもええって言われたのに。あたし何がしたかったんやろ。行きの電車が、やたら長く感じたわ」

「……久しぶりに帰って、どうやった？」

「安定の無人駅。駅前に建ってる倉庫も一緒。よう遊んだ子の家も、そのまんま。比喩やなく、ほんまに時間止まってるんかもな。どんだけ人が集まっても、土地の人間の噂話しかせえへんのも一緒。親切ぶりながら何とか人の足引っ張ろうとするのも一緒。卑屈になる人間より卑屈にさせた人間の方が悪者《わるもん》になるのも一緒。両親ときょうだいが余《よ》所余所《そよそ》しいのも一緒。馴染まれへんのは、いまも一緒。葬式なんか行かんかったら良かった」

期待外れだった映画に文句をつけるような軽やかさで、シャネルさんがつらつらと話す。切り分けられたホワイトアスパラガスが、さっきと同じ要領で食材を順番に張り付けられ、ソースの上をなぞっていく。

「次ここに帰る時は、あっという間に着くやろうな。って、帰り道の電車ん中で思ってん。そんでな、そんなこと考えてたら、あっという間に大阪駅に着いててん。分かる？　いつの間にか、どっちも帰り道やねん。どっちの道にも、もう期待なんかないねん。あたしなぁ、三十年かけて、いま振り出しに戻って来てるみたい。まっすぐ歩いとったつもりやねんけど。なあ、宇治くん。今日はめっちゃ、真面目に話聞いてくれるんやな？　さっきからずっと、手止まってるで」

薄笑《うすえ》みながら煽《あお》るように言われ、自分の手元に目を落とした。八の字の形で固まったナイフとフォークの下、淡い黄色のソースが広がる前菜の皿に、なぜか数時間前のシャネルさんの裸体を思い出す。意地の悪い注文ばかりで、珍しく難儀した二時間だった。どこまで許されるのか試しているみたいに、許されたことを名残惜しんでいるみたいに、応えても応えても、いつまでも求められてきりが無かった。

このひと今日、変や。

思い至って顔を上げると、さっきよりも高さを失った炎が、橙《だいだい》を帯びて揺らいでいる。照明の絞られた店内で、不安定な炎の光源に照らされ、落ち着き払って食べ進めるシャネルさんを視界の端に捉えながら、

今日が最後の利用かもな。

何となく察して、自分も料理を食べ進めた。すっかり普段の様子に戻ったシャネルさんと、他愛の無い会話を重ねながら春キャベツのコンソメスープを飲み、薪火で丁寧に火の通された真鯛を鹿肉を余さず平らげ、コーヒーに口をつける頃には、焼場の薪は芯の部分まで真っ赤に燃えて、静かな熾火《おきび》になっていた。

食事を終え、店を出た。

「夜がもう、春の匂いや」

食後酒までしっかり飲んだシャネルさんが言い、足取り軽く進んで行く。予約時間を多少超えてしまっても、タクシーに乗るのを見届けるか、食事をした店の最寄駅に送るまでをデートコースということにしていた。地下鉄の地上出口に続く仄暗《ほのぐら》い細路地を並び歩きながら、

「特別やないのって、哀しいな?」

唐突にシャネルさんが言うので、そうかな、と首を捻《ひね》る。

「悲しさで言うたら、特別やって勘違いし続ける方が悲しくない？」

「うわぁ、きっつ。宇治くんがそれ言う？」

「え、なんで？」

「勘違いさせる商売してる人間のセリフちゃうで」

「ほんまや。たしかに」

「確かに、やないねん。酔うてんの？」

「いや、大して酔ってへんと思うけど」

「もう。ますます人でなしやん」

声を上げて笑い、大通りが遠目に見え始めたところでシャネルさんが立ち止まる。

「今日のお別れのハグ、ここでして」

コンビニでレジ袋でも頼んでいるような、さっぱりとした顔つきで言うので「ええよ」同じくらいのさりげなさで答え、いつもよりも気持ちを込めて小さなシャネルさんを抱きしめる。緊張を払い、手っ取り早く距離を詰めるために、初回時は宇治という名前を呼び捨てにするよう客には促しているのに、頑なにそれを拒み続けたひとだった。

嫌やわ。あたしの歳で呼び捨てにしたら、なんか親子みたいやんか。

痩せ過ぎて骨張った肩を揺らしながら笑われた、最初の施術のことを思い出していると、

「若い頃に宇治くんみたいなひとと出逢ってたら、人生違ってたかな」

宇治ではなく鎖骨に言い付けるように、シャネルさんが腕の中でこっそりと漏らした。

「どうかなぁ。結局似たようなとこに辿り着くもんちゃう？　機嫌良うワイン飲んで肉食うて、気づいたら服にソースこぼしてたと思うで？」

「ソースこぼしたとこまで言わんといて」

「事実やん」

「この染《し》み、クリーニングで落ちるかなぁ」

くすくすと笑い始めたシャネルさんを抱きしめる腕に、念押しのように強く力を込める。理解者だと感じさせる必要はあるけれど、信用させてしまったら駄目なのだ。それは客のためというより、自分の身を守るために、この仕事を始めてすぐ密かに決めたことだった。ハグを解くと、背中に回されている腕にますます力が込められた。シャネルさんが顔を上げる。

「宇治くんて、二十八ちゃうよね？」

確信めいて言われ、答えあぐねて微笑んだ。

「……ああ、歳？　プロフィールに書いてるもんね？」

「そう」

「二十八やなかったら、幾つやと思う？」

「さんじゅう……一、二ってとこ？」

「変わらんやん」

「変わんねんなぁ、これが。二十八の男と三十二の男は、もう別の生き物やもん」

諭すようにシャネルさんが笑う。抱きついたまま離れる気配がないので、すでに垂らしてしまった自分の両腕が落ち着かなかった。右手を浮かせ、けれどもう一度抱き直すのは過剰であるような気がして、結局自分の首の後ろを撫でる。

「そうなんや。うん、当たりです。おれ三十一。今年で三十二」

「あれ、意外とすんなり言うんやな」

「だって別にこだわりないし。セラピスト登録した時に、お前若見えするからサバ読んどけ、言われて、そんなもんかなと思ってそうしただけ。でも実年齢当てられたん初めてやわ。すごいな」

「ふふ。お姉さんを舐めたらあかんで」

腕の力をするりと抜いて体を離し、シャネルさんが歩き出す。ハイヒールの立てる凜とした靴音に歩調を合わせ、細路地を抜けて大通りに出るとすぐに地下鉄の地上出口が現れた。

「ほな」

手のひらをひらひら振って背中を向けたシャネルさんに「また連絡して」といつものように声を掛ける。返事もせず、悠然と階段を下りていく後ろ姿を、押し黙ったまま見えなくなるまで見送った。出口を離れ、歩道の端に移動しながらスマホを出す。Googleマップを立ち上げて、上部に並ぶアイコンの中から〈ラーメン〉の文字に触れる。腹は満たされているはずなのに、辛いものが無性に食べたかった。地図上に現れた夥《おびただ》しい軒数のラーメン屋の中から、激辛を謳《うた》う店を探し次々にタップする。

五段階の中から希望の辛さを尋ねられ、四と答えて思い直し、すぐに五と訂正した。食券を受け取りながら、辛みの強いものを普段から食べ慣れているか店員が確認してきたので「食うてます」と愛想よく答え、ワイヤレスイヤホンを耳に詰める。

シャネルさんを見送った地下鉄の駅から十分ほど歩いた所にある、台湾まぜそばの店のL字カウンターは賑わっていた。運よく座った最後の空席で、音楽のプレイリストを再生し、アプリの経済新聞を開く。胸の裏側でモーターが高速で回っているような、仕事後の焦燥感を落ち着けるための、いつものルーティンだった。スマホの側面を押して音を上げ、トップページの見出しを飛ばし読みしていると、

〈明日ヒマ?〉

スマホ画面の上部に、嶋《しま》からのLINE通知が表示された。明日は休みに設定している日で予定も特に入っていない。何かの誘いだろうか。それとも頼み事だろうか。通知表示を指で払い消しながら、

(おれが暇かどうかは、お前の次のメッセージ次第)

と旧友からの連絡を一旦無視して、ニュースの続きを目で追った。隣に座る中年の男が、まぜそばを提供されながら何かしらの説明を受け、猫背のまま顎《あご》を突き出すようにして卓上の調味料を眺めている。しっかりコミュニケーションを取ってくるラーメン屋であることに薄く煩わしさを感じながら、自分の提供時に店員の声が聞こえるようイヤ

ホンの音量を調節した。

「おいしそうやなあ」

朗々と読み上げるように言い、男が丼の両脇に手を添えて、ぬっと顔面を近づける。中央に載せられた卵黄が、あわや鼻に押しつぶされそうな距離で匂いを嗅いでいる男を横目に見るうち、使っている洗顔フォームが無くなり掛けていることを何故か思い出した。

アプリをAmazonに切り替え、注文履歴から三千円の洗顔フォームを選択する。関連商品として表示されていたローションとクリームもカートに移し、アプリが薦める日焼け止めもついでのように追加する。購入手続きを終わらせると、今日の夕方、セットアップの靴に悩んだ時に革靴を新調しようとしたことも思い出した。履き慣れているブランドのウェブページを開き、新作のデザインを確認する。黒であれば実物を見ずとも色味で失敗することはないと思い、色とサイズを選択して、三万を軽く超える靴を飴でも買うように購入する。手に取ることもなく、インターネット上で物を買うことが当たり前になっていた。「買う」という行為に手応えも喜びも重みもなく、その違和感にも慣れきって、金を使っている自覚もない。セラピストの職を得て一年半が経ち、収入は前職の数倍になっているにも拘《かかわ》らず、必要経費と称して消費するばかりで、少しも蓄積されていないのが現状だった。

おれがいちばん「宇治」に金落としてるかもな。

思いながら、スマホを弄《いじ》る手を止める。スキンケアに気を使って肌を整えることも、客が支払う金額以上の衣服や靴を身に着けることも、

「本業にするんやったら、そんくらいしなさい。プライド持ってしっかり騙しぃ」

とシャネルさんに叱られたことで身についた習慣だった。宇治という虚構の構築に大きく影響を与えた女性から、けれどもう、予約が入ることはないだろう。最後と決めて利用するひとたちは皆、どこか同じ顔つきをしている。穏やかで、頑丈で、こちらを見つめる目は宇治では無く、宇治を通り過ぎた先にある物を見ている。自分の姿が相手に映っていないことを知る、その時の心持ちを形容することは難しい。表面に砂をまぶし掛けられたような模糊とした意識の底に、体を捥《も》がれた感触だけがひっそりと横たわるような。悲しいでも悔しいでもない、ただ喪失としか言いようのない、自分で広げたくせに埋めることの出来なくなった、空白を作られてしまったような。

「まぜそば鬼辛です」

正面の台に丼を置かれて顔を上げる。

清潔に均《なら》した粘土に必要最低限のパーツだけを埋め込んで作ったら多分こんな風になるだろう、整頓された顔をした店員と目が合った。卓上に並べられた酢や魚粉や粉唐辛子について喋り出すのを待っていると、

「そこにあるやつ、好きに使ってください」

真っ直ぐにこちらを見ながら、特に表情も乱さず淡々と言われ、削《そ》がれたのに施《ほどこ》しを受けたような不思議な印象を残して厨房に向き直られた。台から丼を下ろして箸を割る。挽肉。韮《にら》。長葱。海苔。細かく刻まれ、麺を覆うほど盛られた具材の底まで箸を差し入れ、混ぜ返すと湯気と共に、花椒《かしょう》の強烈な刺激臭が立ち昇った。清涼感のある青辛い香りを鼻よりも目で感知しながら、均等に具材が散るよう麺を和える。四方に音を散らかすように麺を啜《すす》っていた隣の男が箸を置き、卓上の昆布酢を手に取った。左手に持った大ぶりのレンゲに酢を注ぎ、ふちまで溜めたところで手首を細かく揺らし、まぜそばに回し掛けている。

(むせるで)

麺の残量に対する酢の比率に率直な意見を抱きながら、自分のまぜそばを口に含んだ。

唐辛子の辛味より花椒の痺れが激しく舌を刺激して、針を刺されたような鋭い痛みが眼底に突き上がる。怯《ひる》みそうになる気持ちを鼓舞しながら次々麺を啜り上げ、香辛料が生み出す好戦的な熱を無心で嚙み砕きながら、

なんで、こんなことしてるんやっけ。

思った瞬間、隣から鈍い噴射音が聞こえてきた。ずんぐりとした体を丸めて、くしゃみのような鼻息を二、三度漏らし、男が盛大に咳込み出す。揮発した酢に気道を刺激されたか。酢に浸った韮が気管にでも入ったか。コップが空になっているのを見て「水飲みます？」口をつけていない自分のコップを隣に差し出したのとほぼ同時に、さっきの店員がカウンターの中から男のコップに水を注いだ。

「派手に行きましたねぇ」

目元にも頰にもくっきりと皺を作り、店員は人懐こい顔で笑っている。自分にまぜそばを提供した人間と本当に同一人物であるのか、疑いたくなるほどに印象を激しくずらされ、抗い難く興味を抱かされる感じに既視感があった。男が両手にコップを持ち、何か喋ったけれど破裂音ばかりで、何を言っているのだかは判然としない。記憶を辿りながら再び麺を箸で集めていると、自分が登録したばかりの頃にいちばん指名を取ってい

たセラピストと、店員がどこか似ているのだと気がついた。

どこが、と訊かれても的確に答えることは出来ない。けれど事務所の待機室で暇を持て余している時に一度だけ遭遇した、現金の売上を預けに現れたその人の佇《たたず》まいや雰囲気を想起させ、セラピストという職業の適性を強く感じさせる店員だった。

おれも、こういう理由で声掛けられたんかもな。

考えながら、冷めて人肌になった麺を啜る。前職を自主退社し、転職の思うように行かない中、ＰＣＲの検査場で単発のアルバイトを繰り返していた一昨年の夏を思い出す。

お前たぶん稼げると思うわ。

検査に訪れていたオーナーから、定型の会話を二、三交わしたところで卒然と言われ、渡された名刺のＱＲコードを帰宅してから読み込んだ。風俗の仕事だと知って面くらい、こんな仕事があるのかと、単純に興味も持った。複数のカードで借入れとリボ払いを繰り返し、膨れ上がった借金が七桁になった頃だった。報酬目安としてウェブサイトに提示されていた額面が高額であったことは、募集要項を確認したことに関係していたと思う。けれど、名刺の渡し主に連絡をした直接の動機となったのは、座学や実技の研修があると知ったことだった。

三人。

それが自分の経験人数で、この数の多少について気に留めたことなど無かったけれど、その時に行っていた自分の行為が「正解」だったのかについては、時折振り返ることがあった。三人とも性格は異なるのに、欲望するというよりは許可に近く、いっそ配慮と言ってもいいような体の開き方をするところが同じだった。あんなにも受け入れるばかりで、彼女たちは満足だったのか。その問いに対する解を求めてこの世界に首を突っ込み、知識も技術も結果的に身につけて、けれど正解は未《いま》だ見つからない。どれだけ根拠を行使して臨んでも、浮かび上がるのは正解に似た顔をしたものだけで、正解に似た顔をしたものは宇治という人間に結びついては、虚構の輪郭を強めてくる。

うそやな?

フレンチレストランで投げかけられた、シャネルさんの言葉が思い出される。

だけどそれは嘘をついている訳ではなく、喜ばれそうな「ほんまのこと」を話し、そのほかのことを話していないだけなのだ。相応しいものを選ぶのではなく、相応しくないものを選ばないことで象《かたど》り、本体から切り離した宇治を自分は提供し続けてきた。寄り添えるように。彩れるように。けれど質量に気取《けど》られることも、形として残ることも絶対に無いように。それはもしかしたら、透明な花を一輪、手向《たむ》けるような気持ちで。

「ごめんなあ」

突然、隣からものすごい声量で声を掛けられ、麺の半分まで啜っていた最後の一口が軽く丼に逆流した。

「スープか思って、掛けすぎてもうたわ」

明らかにこちらを見ながら快活に言い、紙ナプキンを引き抜いてごしごしと男が口を拭《ぬぐ》う。他の客からの視線を感じながら気を取り直して完食し、

「べつに。気にせんといてください」

箸を置きつつ返事をしたけれど、男は自分との境界に紙ナプキンを丸め置き、コップの水を豪快に飲み干し、本当に気にしていなそうな様子で再びまぜそばを食べ始めた。うっすらと湧いた笑いを嚙み殺し、イヤホンの音量を上げる。席を立とうとしたところで、目の前の台に新しい水のコップが差し出された。例の店員が何か言ったようだったけれど、音楽にかき消されて聞こえない。訊き返すのは面倒だったので会釈して受け取り、水だけでは手持ち無沙汰になるような気がして「飯ください」と無料で提供される白米を注文する。

スマホに目を落とし、ロックを解除した。

靴の購入完了を告げるページが表示されたので、ニュースの続きを読むためアプリの一覧画面に戻ると、TVerのアイコンが目に入った。経済新聞のアプリを開こうとしていたことを忘れ、吸い込まれるようにタップして、シャネルさんの自宅へ移動する電車の中でも見ていた報道番組を再生する。

「何でも小ちゃくして食べさせたなぁって、急に懐かしくなって」

音量を上げたイヤホンから、耳一杯に販売員の声が放たれた。台に小ぶりの茶碗が置かれたので手を伸ばし、白米を全て丼にあける。残されたまぜそばのタレに混ぜ込みながら、卓上に置いたスマホの中で笑う販売員の、歳を重ねることで下がった左頬に浮かぶ見覚えのあるえくぼに目を凝らす。

母の顔を見るのは、十八年ぶりだった。

物心ついた頃にはすでに父に引き取られ、母に関する一切を消された祖父母の家で顔も名前も知らずに過ごしてきた自分が、偶然知った連絡先に電話を掛け、彼女に会いに行ったのは十三歳の時だった。あれ以来、連絡を取り合うことはもちろん、消息を知ろうとしたこともない。そうしようと決めて、過ごして来たはずだった。香辛料にまみれた米をレンゲで掬《すく》い、三口で平らげる。刺激物をろくに嚙まずに飲み下し、レンゲを丼の底に置くと何とも言えず胃がムカムカして、同じ動画を繰り返し視聴していることが気持ち悪くなってきた。嫌気が差し、TVerのアプリを消し払う。水を飲み干し、今度こそ帰ろうと席を立ったところで、嶋から再度LINEが来た。

〈明日で独身最後やから付き合って欲しいねんけど〉

通知画面に表示されたメッセージを読み、数ヶ月前の飲みの席で、入籍は三月末になったと嶋が話していたことを思い出す。

〈いいよ。どこ行きたい?〉

LINEを開き、返信を送るとすぐに既読がついた。店を出ると甘い骨のような匂いが吹き抜け、正面のビル群の上には朧月《おぼろづき》がかかっている。確かに、春や。他人事のように思っていると、手の中でスマホが短く震えた。霞んだ月から目を逸らし、スマホ画面を上に向ける。

〈赤ちゃんプレイお化け屋敷〉

嶋からのメッセージを見て、勢いよくその場でむせる。

真山《まやま》、と呼ばれて振り向くと、京都駅前の人混みを器用に縫い歩きながら嶋が追いかけて来るところだった。自分と同じブランドのヴィンテージスウェットに黒いパンツを合わせて、足元を見るとローファーを履いている。鏡に映したような嶋の装いを見て、笑いながら手を上げる。

「おはよう分身」

「うわ、最悪や。モロ服被《かぶ》りした」

「安定のシンクロやな。一緒に歩くん恥ずいわ」

「真山と被んの嫌やねん、おれが廉価版《れんかばん》みたいになるから」

肩をすくませながら腕を組んだ嶋が、こちらをしげしげと眺めて「その色ええなぁ」と顔をしかめる。成長期を境に厚みのある体つきになり、数年前からは髭《ひげ》も整え、自分とは対極の容貌となった嶋の「ええなぁ」とぼやく時の表情は、けれど双子に見間違われていた中等部の頃から変わらない。中高一貫校で出会って以来の、付き合いの長い友人だった。

「ええやろ」

答えながら、バスターミナルに向かって歩く。馴染みの古着屋で年始に買ってから、すでに数え切れないほど着ている気に入りのスウェットだった。「宇治」のことを考えず、こうして自分の好きな服を着られる休日は嬉しい。観光客が作る列が特に長いバス乗り場の最後尾に付き、行先の書かれた案内板を遠目に見る。

嶋から誘われた「クルム」という施設は、ベビーベッドに横たわった状態で体験する、シアター型のお化け屋敷らしかった。赤ちゃんプレイという字面から最初は風俗を連想し、同業種の店に行くことにも、連れが旧友であることにも気まずさを感じたので、ただの商業施設だと知って安堵した。嶋には今の自分の仕事について話していない。この先話すことも、恐らく無い。

〈なんでここ?〉

昨日の夜、LINEに送られてきたURLからクルムの公式ページに飛び、一通り確認してから返信すると、〈おれにも分からん〉とすぐに嶋からメッセージが返ってきた。素直で裏表のない性分の嶋から、曖昧な言葉が聞かれること自体が珍しかった。

独身に終止符を打とうとしている同い歳の男が、一体何を考えているのかは全く不明なまま、けれどあまり迷わず了承した。

結婚相手である中原《なかはら》さんは、嶋の大学時代の同期だという。長い友人期間を経て交際に至り、五年が経った所での入籍報告だった。「今もなんや、友達みたいやねんけどな」と、彼女との関係性について話す口ぶりに自虐めいたものが含まれていたことを思い出していると、バスを待ちながら寝起きのような顔で京都タワーを見上げていた嶋が、おもむろに口を開いた。

「こないだ入ったカフェのトイレがな、便座の正面が全面鏡張りやってん」

「へえ」

「ああいうの作るデザイナーって、精神年齢が子どもか、属性がSかのどっちかやな?」

「うん?」

「あんな間抜けなとこ、わざわざ鏡で見たいか? 天真爛漫《てんしんらんまん》な悪意っていうか、嗜虐性《しぎゃくせい》を感じたわ。しかも全面やからな。大人、もしくはM属性のデザイナーやったら、真っ最中の姿が映らへんように、こう、気ぃ使って側面に設置するやろ」

「ああ……うん?」

「でも後から思ってんけどさ。それさあ、ただのSとかMやなく、おれがもしドSとかドMやったら、まったく逆の発想になったりする?」

「前提もよう分からんうちから逆とか訊かれても」

「じゃあこの話聞いてどう思った？」

「ラブホやなくカフェってとこが芸術点高い」

「ほら。やっぱ真山はそういう感じやろ？」

「お前はさっきからずっと何の話をしてんねん」

「おれは多分、鏡を側面に設置する以外考えられへん、普通の大人で普通の温《ぬる》いMなんやろうなって話。お前とは、違って」

放り捨てるように嶋が言ったところで、並んでいる乗り場にバスが停まった。のろのろと動き出した列に合わせて歩を進めながら、明らかに普段と雰囲気の異なる友人の顔を盗み見る。相変わらず眠たい顔をしたまま、嶋が小さく息をつく。分かりやすく気落ちしているのを見て、（こういうとこも変わらへんな）と頬が緩んだ。

「……なんか今日、うざい感じで絡んでくるやん」

「そうやな」

「結婚って、やっぱ複雑？」

「分からん。これがマリッジブルーってやつなん？」

「知らん。ていうか、中原さんは今日なにしてんの」

「夕方まで、ゼミ仲間でバーベキュー」

「仲良《え》えなぁ。おれゼミで繋がってる奴もうおらんわ」

感心して言いながら、すでにしっかり人間の詰まったバスに先に乗り込んだ。交通系ICカードを読み取り部にかざすと、

「大概、そうやんな」

カードの電子音に重なって、背後から平たい嶋の声が聞こえた。

限界まで客を乗せ、ぐったりとバスが走り出す。

会話も躊躇《ためら》われるほど混み合った車内で、吊り革を握りながら黙って町並みを眺めていると、市内で過ごした在学中の数年間と、父と住んだ清潔な1LDKの家が思い出された。通学と通勤のそれぞれの利便性を理由に、中学の進学に合わせ、親子二人で祖父母の家を離れたのだった。必要最低限の新品の家具と電化製品だけで構成された家を、嶋は「ホテル」と呼んで気に入って、部活のない放課後はほとんど入り浸っていた。

けれど、あの日は、ひとりだった。

学校から帰ると電話が鳴っていて、出ると父が手帳を家に忘れたと言う。コグレさんの住所教えてくれへんか。会社から電話を掛けて来た父にそう頼まれ、ダイニングテー

ブルに置かれていた手帳を開いた。住所録の「こ」のインデックスを辿り、該当する人物を探していると、氏名の部分が空欄の連絡先が違和感と共に目に留まった。几帳面な父が、住所と電話番号だけを記入して、氏名を書き忘れることなどあるだろうか。疑問に思いながら、その下に書かれていた「コグレさん」の住所を読み上げるうち、

おかあさん、かも知れん。

直感的に、そう思った。父に礼を言われながら電話を切り、名無しの連絡先をどれくらい見下ろしていたのか。次に気づいた時には、走り書かれた番号をひとつずつ丁寧に押し、受話器を耳に当てていた。

はい。こがです。

コール音を五回聞いたところで、女性の声がして我に返った。見知らぬ相手に電話を掛けてしまったことに狼狽して「真山です」うっかり名乗ると、受話器の向こうで息を呑む気配がした。

……うじひさ?

囁《ささや》くように名を呼ばれ、あまりに驚いて押し付けるように受話器を置いた。心臓がありえないほどに、激しく打ち乱れていた。声の綺麗な人だった。それまで幾度となく思

い浮かべては消してきた「母」という像が、父が昔から好きだと公言している女優の顔《かお》貌《かたち》を伴いながら暴力的に立ち上がった。

おかあさん、って、おれにも居《お》ったんや。

思った瞬間、視界が熱を帯びながら滲んだ。情けなく歪みそうになる口元をきつく結び、耳に残る声を夢中で反芻《はんすう》すると、体の中を別の人間の体温が流れていくような感じがした。息を整えて受話器を上げ、同じ番号をもう一度押し、電話を掛け直した時の心持ちは今でもよく分からない。好奇心、よりは切実に近く、けれど切実、と言うには覚束なかった。

直進し続けるバスが、交差点をいくつも越えていく。懐かしい風景を見送っていると、同じように車窓に顔を向けたまま嶋が小さく溜息をついた。

「なあ真山」

「なに」

「さっきの話の続きやけどさ」

「うん」

「足組んでうんこしたことある?」

「ない」

「めっちゃ出る」

「知らん」

ひときわ大きな交差点にある停留所にバスが停まり、観光客が次々に降りて行く。カフェのトイレで便座に掛けながら、足を組む様《さま》を鏡に映してみている嶋を想像する。

「今度やってみて」

真顔のまま嶋に言われ、「やらん」と、こちらも真顔のまま返事をする。


バスを降りて、住宅地を十分ほど歩いた。

二階建ての雑居ビルの、一階はシャッターが閉じられ、空中階の部分がお化け屋敷になっているらしかった。「クルム」と小さな看板が出された階段を上り、受付で予約を確認され、二千円をPayPayで支払った。体験時間は三十分で、一回の予約枠は二名が定員なのだという。

ポケットの中身も含め、手荷物と靴は全てロッカーへ。

紛失があった場合は、営業終了後に捜索して後日受け渡し。

酒気を帯びての利用、館内での撮影及び録音、スタッフへの接触は禁止。

お化け屋敷のため、性的なサービスの提供は無し。

強要された場合は即通報。

ミルクティーのような髪色をした猫目のスタッフが、ラミネートされた利用規約を読み上げる。案内の手際の良さを気持ちよく見物していると、

「こちらをご装着ください」

と、レースの大量にあしらわれた白い布を二枚渡された。大人しく受け取り広げてみる。頭頂から被せ、顎の下で紐を結ぶ仕様の赤ちゃん帽子だった。

「ご希望の方はどうぞ、って予約フォームの項目にあったから」

困惑していると隣からそう言われ、見ると嶋が顔周りにレースの帽子を巻き付けている。

「ご希望すんな」

「ええやん。おれは全力でエンタメに溺れたいねん」

「よう分からんけど似合ってるで」

「いいからお前も早《はよ》かぶれ」

「かぶるわ、ほら」

「おお。貴婦人みたいやな」

帽子を装着するとロッカーの鍵を渡され、靴を脱ぎ手荷物を預けると受付裏の小部屋に通された。四畳ほどの窓の無い空間に、二脚の椅子が背を合わせる形で中央に置かれている。スタッフに言われるまま腰を下ろすと、小部屋の照明がゆっくりとしぼられた。

「それでは、ごゆっくりご退行ください」

にこやかに言い、スタッフが扉を閉める。小部屋にはジャスミンの香りがたちこめていた。施術の際、いくつか持参する精油の中からジャスミンを選ぶ客が多いので、自分にとってジャスミンは、すっかり仕事の香りとなっている。足元の間接照明を黙って見下ろしていると、部屋のスピーカーから子守唄のオルゴールが流れ、ゆったりとした女性の音声が再生された。

〈こんにちは、クルムへようこそ。ここでは日々の緊張から気持ちを切り離し、焦りや不安で痛めた心を和らげる、退行メソッドをご体験いただけます。赤ちゃんは、ひとりでは何も出来ません。だから、ここでは何も出来なくて良いのです。何も出来ないということに、安心して身を委《ゆだ》ねてください。

ただし、注意が一つだけ。

この退行メソッドを遺した創始者であるマザーは、亡くなられた後も「クルム」を見守り続けているようです。ご体験中に、マザーの声が聞こえることもあるようですが、決して返事をしてはいけません。万が一見つかってしまった時は、思い切り騒いでマザーを困らせましょう。くれぐれも、「良い子」だと褒められてはいけません。もしもマザーに気に入られてしまったら、常世《とこよ》に連れて行かれてしまいます。

それでは、どなたさまも、心地の良い退行体験をお楽しみくださいませ〉

アナウンスが終わり、オルゴールの音がフェードアウトすると、入ってきたのとは反対側のドアが開いた。二人でそちらを向くと、戦前の看護衣のようなワンピースを着た、さっきとは別の女性スタッフがにこにこしながら立っている。

「はじめまちて。わあ、かわいい赤ちゃんたちでちゅね」

爽《さわ》やかに話しかけられ、呆気《あっけ》にとられながら頷いた。

「おふたりは今から赤ちゃんです。体験が終わるまでは、大人の言葉は使えません。うーうー、とか、んまんま、とかで、おはなしをしてくだちゃいね」

鼻にかかった高い声で微笑まれ、とんでもないところに来てしまったような気がして振り返ると、同じくこちらに体をよじった嶋が楽しげに目を輝かせている。

「聞いたか。おれは今からイクラちゃんになる」

「勝手にせえ」

「阿呆《あほ》かお前もやるんじゃ」

「……ハァーイィ?」

「チャーン」

「バァブ」

「カツオ兄ちゃん、じょうずデスぅ」

「それはタラちゃんや」

「あれあれ?　いつまでも大人のおしゃべりが聞こえてきまちゅね?」

「すみません」

「すみません、じゃなくて?」

「チャーン」

心底楽しそうに、嶋が挙手をしながら笑顔を向ける。役に入り込んでいたスタッフが表情を崩し、一瞬自然な笑みを浮かべたのを見て、嶋の作り物ではない健やかさを羨《うらや》ましく思った。作り物でないから、嶋はいつも人の本物の感情を引き寄せる。自分には、それが出来ない。あの時だって出来なかった。出来なくて、どうしたら良いか分からなかった。ぴん、と心臓を指で弾《はじ》かれたような痛みが走り、余韻が憂鬱に姿を変えて胸の内に広がっていく。記憶を刺激する出来事が続いているせいか、昨日からやけに昔のことばかり思い出す。

ハイハイで部屋を移動するように促され、膝を床につき手をつき四つ這いになった。付いてくるように言われたので這い始めると、次の部屋に続く通路は緑がかった不穏な暗さで、床にはぬいぐるみが転がっていた。丸い体に人面の頭部をつけた起きあがりこぼしが、どういう仕組みになっているのか其処此処《そここ》で揺れ続け、おもちゃピアノのような音を不安定に鳴らし続けている。

(なるほど、お化け屋敷や)

思っていると、腕も足も突っ張り尻を高く上げた形で嶋が後ろから抜き去った。

「ハイハイに癖あるなぁ」

話し掛けると動きを止め、起きあがりこぼし達と同じ帽子を被った顔を股の間から逆さに出す。

「これクマ歩き。知らん？」

「知らん」

「子どもの頃ようやらされたわ。おれはこれで走ることも出来る」

「その動きの方がマザーより怖い可能性あるな」

「見る？」

「やれ。そして怒られろ」

頷きながら言うと、前に向き直った嶋が加速して、手負いの野生動物のような不自然な動きで本当に駆けていった。背後から異様な男が近づいて来たことに驚き、スタッフがびくりと体を震わせる。良くない方向に驚かせたことに気づき「あっ、すみません」と冷静に謝った嶋が、「……めッ！」と自身のキャラクターを何とか守ったスタッフに注意されたのを見て、耐えきれずに突っ伏して笑う。

突きあたりのドアが開かれると、廃屋のような子ども部屋が現れた。

朽ちた家具が乱雑に置かれた暗い部屋の、ところどころに赤い照明が灯り、最初に聞いた子守唄のオルゴールが小さな音で流れている。ベビーベッドと呼ぶには大きい、シングルサイズの柵付きのベッドが二台、破れたカーテンで真ん中を間仕切られて並んで

いた。入口に近い方のベッドに歩み寄りながら、

「さあ、おひるねの時間でちゅよ。ベッドにころん、できるかな？」

スタッフが言って、客が自分で出入りできるよう柵のひとつを開き倒した。バァブ、と元気よく返事をしながら嶋が這い寄って行ったので、余った方のベッドに向かう。横になるために立ち上がると、カーテンの陰から音もなく人間が出てきた。受付にいた猫目のスタッフだと、気づくのが少し遅れた。

「あなたも、ころん」

ベッドの柵を開き、さっきとは異なる含みのある表情で飄々《ひょうひょう》と微笑まれる。うっすら同業者の匂いを感じながら仰向けに寝転び、腹の上で手を組んだ。シーツの下に電気毛布でも敷かれているのか、背中がじんわりと温かい。

〈誰かいるの？〉

不意に女性の低い声が聞こえると、オルゴールの音がぷつりと途切れた。赤い照明が明滅し、大型の家具が細かに揺れ始める。部屋を見回そうと首を起こすと、

「動かないで。マザーです」

猫目のスタッフに短く制された。もうひとりのスタッフも似たような挙動を取ってい

るのだろう。嶋も声を立てず、大人しくしている。

〈いるんでしょう。マザーにお顔を見せて頂戴《ちょうだい》〉

ベッド内に設置されているらしいスピーカーから誘うような音声が流れると、破裂音に続いて足元に風が吹き付けられた。馬鹿でかい嶋の雄叫《おたけ》びが上がり、「シッ」と窘《たしな》める声が続く。家具の揺れる音に少しずつ流水音が重なり、スピーカーから発せられる心音が段々と音量を上げていく。ワイパーを思わせる規則的なリズムに不安を煽られながら、

（なんか、車ん中にいるみたいや）

身を固くして、腹の上で組んだ手に力を込める。

中学時代、下校時に雨が降った時に嶋の母親が車でよく迎えに来たのは、勤務先の薬局が学校に近く、帰宅する時間帯が同じになることが多かったから、というのが理由だったたか。通学に利用しているバスが雨天時に混み合うのを嫌がっていた嶋は、母親の送迎を思春期らしからぬ単純さで喜び、学校から徒歩圏内の地下鉄を利用していた自分のことを、毎度意味も無く巻き込んだ。雨の中を、パステルブルーの軽自動車が近づいてくる光景を今でも鮮明に思い出す。後部座席に嶋と並んで座り、三つ先の地下鉄の駅ま

で送られるのが常だった。嶋の母親は明るく温厚で、ショートカットに楕円レンズの眼鏡を掛け、どこにでも売っているようなシンプルなシャツやセーターの下にジーンズを穿《は》いて、花と石鹸の混じりあったような香りをいつも仄かに放っていた。父と二人暮らしをしているこちらの事情を知りながら、同情の混じっていない親切をさりげなく渡してくれる人だった。当たり障りのない世間話を、月に一度の夕食の誘いを、だから安心して受け入れることが出来た。そんなふうな心遣いを、嬉しいと思っていた。有難いとも思っていた。そして、そんな母親を持つ嶋のことを、激しく羨望してもいた。

きょう、初めてハハオヤに会いに行くねんけど、一緒に来てくれへん?

だから、あの時。午前授業を終えた土曜日の教室で、帰り支度をしていた嶋のことを、衝動的に誘ったのかも知れなかった。心細さよりも、数日前に電話で聞いた綺麗な声と、父の好きな女優の顔で頭がいっぱいになっていた。自分が嶋を羨むように、嶋からも羨まれてみたかった。言葉を失っていた嶋が小刻みに頷いたので、メモに書き写した住所を見せ、ここから電車で一時間ほどの距離であることを伝えつつ、会いたいと言われて応じた経緯について簡単に説明した。自分よりもよっぽど深刻さを漲《みなぎ》らせ、神妙に聞き入っていた嶋の顔つきは、タイミング悪くシャッターを切られた写りの悪い写真を連想させた。

〈変ね。赤ちゃんがいると思ったのに〉

抑揚なくマザーが言ったのを境に、大音量で流されていた心音は少しずつ絞られ、衣《きぬ》擦《ず》れのような不穏な音だけが残された。ほとんど明かりのなくなった部屋の中で、蛍光塗料を塗られたベッドメリーだけが発光し、眼前で微かに揺れている。やがて衣擦れの音も遠のくと、オルゴールの曲が戻ってきた。息を吐き、体の力を解く。隣のベッドから嶋の文句が聞こえてきた。

「こわいねん」

「もうどっか行きはったみたいやで」

「マザーこわすぎるやろ。こっちは赤ちゃんやぞ」

「お前がビビってたん、どっちか言うたら風やろ」

「そうやな。風こわかった」

「おれも」

蛍光紫に光るてんとう虫の人形を見上げながら同意すると、何事もなかったかのように、最初の小部屋で聞いたのと同じ女性の声で、これから行う退行メソッドについての説明アナウンスが流れ始めた。より緊張をほぐし、深いリラックスを得るために、全身を布で包《くる》んでくれるらしい。胎内にいた頃と同じ姿勢で包《くる》まれることにより、心身ともに赤ちゃんに返り、とろけるような安心感を味わうことができるらしい。

「とろけるような安心感」

茶化すように嶋が言うと、〈それでは、おくるみ致します〉とアナウンスが締められた。赤い照明がじわりと灯《とも》ると、猫目のスタッフがこちらを覗き込んでいる。

「ぎゅうって、くるんであげまちゅね」

くすくすと話しかけられ、何とも言えない居心地の悪さに苦笑いした。体を包むための布は、寝そべっているベッドの上にすでに敷かれていたらしい。仰向けのまま胡座《あぐら》の形に足を組み、手は胸の前で合わせるように言われ、その通りに体を縮こめながら（こんなん見たら、サンジさんとかウーパーさんあたりが喜びそうや）と、常連客の顔を思い浮かべる。拘束されるのではなく、「宇治」を拘束することをオプションにつける人たちだった。講習で教わった縛り方をサンジさんには自分が教え、ウーパーさんは自分よりも詳しかったので、要求が過度にならないようやんわり釘を刺しながらも自由にやってもらっている。

「おてて、もっと楽にしてもいいでちゅよ」

猫目に笑われ、胸の前で肘から手首までを真っ直ぐ合わせていたことに気がついた。体の前で手を縛らせる時は、客が縄を組みやすいよう腕同士を隙間なく付け、ぐらつくことの無いようにしている。その癖が無自覚に露見したことに焦り、さっと手を解《と》いたものの「手を胸の前で合わせる」の普通が分からず混乱した。嶋の体勢を確認したい衝動に駆られながら、肩の力を抜き胸の上に手を重ねると、

「くるまれるの、初めてじゃないのかな？」

意味ありげに囁きながら、猫目が布で包み出す。

（この女、嫌や）

当てつけのように思い、けれどすぐ、不快がる筋合いは自分に無いと思い直した。カーテンの向こうで「ハァーイ」と嶋が返事をしている。何をそんなに話しかけられているのか、隣のスタッフの声は聞こえないのに、嶋の声ばかりが陰鬱とした部屋の中で明るかった。風呂敷を包《つつ》むような要領で、布の端と端を結びながら、足や胴が順に覆《おお》われて行く。首から上だけを残し、伸縮性のある布に体がすっかり包《くる》まれる頃には、眠気を伴うような安心感が温《ぬく》まった背中から全身に広がっていた。部屋の照明が全て落とされ、

蛍光色のベッドメリーがぎしぎしと回転し始める。

〈ゆっくりと息を吸って、ゆっくりと吐いてみましょう。体の力と一緒に、心に浮かんできた気持ちや思い出を、ひとつひとつ手放していきましょう。心も体も軽くなって、あなたはもっともっと、赤ちゃんに返っていきます。吸って、吐いて。手放して。吸って、吐いて。安心して。どんどん、何も出来なくなって行きます〉

まるで新興宗教のようなアナウンスを聞かされるうちに、頭にレース帽をかぶり、丸めた体を布で巻かれて固定され、オルゴールをBGMにベッドメリーが回るのを眺めているのが、何だか取り返しのつかないことのように思えてきた。

なんで、こんなことしてるんやっけ。

今更のように思っていると、

「お化け屋敷やんな?」

確かめるように嶋の声が上がったので、笑いながら身じろいだ。

「おれが訊きたいわ。お前は何を予約してん?」

「このあと壺とか買わされたらどうする」

「そうなったら責任取って二人分買ってな」

「思ってたんとちゃう」

「むしろ赤ちゃんプレイお化け屋敷が何やと思ってたんか、聞かせてほしいわ」

カーテン越しに話しながら、回るベッドメリーに酔って来たので目を閉じる。

思ってたんとちゃう。

嶋と同じ感想を、あの時に自分も抱いたな、と思う。口に出さなかった理由が、戸惑いだったのか強がりだったのか、十三歳の自分が何を考えていたのかは定かではない。

母の住所にあった「リバークレスト」という建物の名称から、外観の洗練された小綺麗なマンションを想像して訪ねると、建っていたのはプレハブのような、色褪せた古いアパートだった。

「ここ?」

遠慮がちに嶋に訊かれ、頬が熱くなったのが自分でも分かった。こちらを見つめながら言いにくそうに口が開かれるのを見て、

「ボロいな」

人の口から聞きたく無いと思い自分から急いで言うと、

「おみやげとか、買わんくてよかったん?」

と言う、嶋の声と搗《か》ち合った。思いも寄らなかった台詞に足を止め、「おみやげって、たとえば？」と訊き返すと、同じように足を止めた嶋がうろたえながら首を傾《かし》げた。

「花とか？」

着ていたカーディガンの袖口を不安げに伸ばしながら言われ、冗談だと受け取り笑い飛ばすと、きょとんとした表情を浮かべた嶋が、少し遅れて気恥ずかしそうに笑顔を作った。

「いや、おれやって母の日くらいしか買わへんで？」

早口で言われ、冗談では無かったことに気づき、ついさっき赤くした顔が今度は青ざめるような思いがした。嶋にとって、母親に花を贈ることは特別なことでも気障《きざ》なことでもなく、ごく有触れた心配《こころくば》りの手段なのだろう。自分は、その「普通」を知らない。知らないから、贈ることも出来ない。そもそも、そんな発想すらない。そのことが胸をどうしようもなく騒がせて、

「ええねん土産なんか」

自分でも驚くほど素っ気ない声で答え、嶋を置き去ってアパートの外階段を荒々しく上った。慌てて追ってきた嶋とふたり、二階の角部屋のドアの前に並んで表札を確認し、

インターホンを押すとすぐに鍵の開く金属音がして、ゆっくりとドアが開かれた。

思ってたんとちゃう。

その感想は、二度目に抱いた時の方が強かった。

開いたドアから姿をのぞかせたのは、化粧気のない細身の女性だった。胸の高さまで伸びた髪はうねりながら無造作に下ろされ、三月だというのに袖の無い膝丈のワンピースを着て、首にはストールを巻き付けている。電話口の声と、女優の顔と、目の前に立つ女性が一向に結びつかず、（だれ？）途方に暮れたような気持ちで長身の母を見上げると、自分と嶋を見比べる母の顔にも当惑の色が浮かんでいた。大きな目元、というよりは、剝き出された眼球、という印象を持たされる特徴的な母の目を見つめるうちに、

（このひと、どっちがおれか、分かってへん）

ふと気づいて、どくん、と心臓が大きく鳴った。

背丈も髪型も顔つきも似た、同じ制服を着た男子中学生を二人並べられて、何年も会っていなかった息子を判別できる訳がない。当たり前のことなのに、どうしてあの時、自分は傷ついてしまったのだろう。どうして、それでも母親なら分かるはずだと、試すように黙り込んでしまったのだろう。

「あの、こんにちは」

最初に口を開いたのは、無言でいることの気まずさに耐えかねたらしい嶋だった。いつもの調子を装って朗らかに言い、首を縮こめるように会釈をすると、母の顔が見る間に晴れて、揺らいでいた視点が嶋の方に定まった。

「こんにちは」

大切そうに見つめ、譫言《うわごと》のように呟かれた挨拶の言葉からは、何もかもを包み込むような柔らかな好意があふれていた。夢の中で階段を踏み外《はず》した時に似た、重鈍い目眩《めまい》がした。母の視線が自分にも向けられ、

「おともだち?」

にこやかに言われたので黙ったまま微笑み返すと、気色の悪い沈黙が流れた。

あ。

と、小さく嶋が声を漏らしたのが聞こえた。食らったことのない種類の恥ずかしさに取り乱しそうになるのを堪《こら》えながら、

「……真山が、一緒に来てほしいって言うから」

そう言って隣を見ると、嶋は目を見開いて固まった。散らかってるけど、上がって。

何も知らずに二人の子どもを家に招き入れようと笑った母の、左頬にだけ現れたえくぼを眼裏《まなうら》に思い返したところで、ベッドが揺れた気がして目を開く。

ベッドメリーの回転の速度がさっきよりも増して、遠心力に千切れそうなほどぬいぐるみが振り回されていた。いつの間にかオルゴールの曲は止まり、催眠じみたアナウンスも聞こえなくなった代わりに、耳鳴りのような高い音がスピーカーから小さく漏れている。ベッドを囲う柵がカタカタと揺れ始め、

「これマザー来るやつちゃうん」

心配そうに嶋が呟いた瞬間、くぐもった落下音と共にベッドの柵に重量のあるものが打ちつけられた衝撃が走った。

〈やっぱり、赤ちゃんがいるわね？〉

嬉しさを滲ませた低音の女性の声がし、赤い照明が灯ったので顔を向けると、柵を力強く握りしめる人間の手首がある。驚いて声を漏らすと手首が柵を激しく揺らし、そういう仕掛けになっているのか、ベビーベッドが地震体験のアトラクションのように前後に振れ始めた。声の低い女性の、高い女性の、複数人の子どもたちの、笑い声が大きくなったり小さくなったりしながら渦巻いて、部屋に置かれた家具があちらこちらで最初

よりも大きく揺れ始める。

「ごわぁぁぁ！　こわい、こわい、デェェスゥウゥ」

カーテンの向こうで遠慮なく嶋が騒いでいる声を聞き、妙な笑いが込み上げる。

落ち着け。

思ったけれど、それが誰に向けた言葉であるのかは、あの時と同じように不明瞭だった。落ち着かなければいけなかったのは、嶋だったのか、自分だったのか。信じ難く物の散乱した室内を目の当たりにしながら、人違いをされた動揺で靴を脱ぐのにも手こずっている嶋に「ほんまのこと言わんといて」と、母の目を盗んで念押しをした記憶が、止《と》めどなく蘇る。

衣類。紙袋。電化製品。新品の日用品。空き容器。丸く膨らみ口の結ばれた夥しい数のレジ袋。

無秩序に床を覆う物体が、そこだけ避けられて出来た獣道のような導線を進み、畳のほとんど見えない和室に置かれた真新しい折りたたみテーブルの側《そば》に腰を下ろした。身を屈めて冷蔵庫を開いている母の後ろ姿を眺め、何かを取り出し扉を閉めたところで目が合わないように視線を落とすと、畳の上で丸まったブラウスの脇に薬袋が重ねられている。

古賀なお美《み》。

ボールペンで書かれた名前を見つめ、初めて知った母のフルネームを心の中で読み上げる。内用薬と書かれた薬局の袋が、あちこちに落ちている部屋だった。外出に不安があるので家まで会いに来てほしいと、電話口で申し訳なさそうに頼まれたことを思い出す。

(おれのおかあさんって、なんかの病気なんや)

思いながら小さく胸を痛めていると、慣れた足取りで物を跨《また》ぎながら和室にやってきた母が正面に座り、テーブルの上にプチシュークリームの袋を置いた。

「氏久、小ちゃい時に生クリーム好きやったなぁって、思って」

はにかんだ笑顔を嶋に向けて言い、テーブルの横、敷かれたままの布団の枕元から錆びた鋏《はさみ》を拾い上げると、生白い手で丁寧に袋の端を切り始めた。シュークリームの入った紙の容器をすべらせるように取り出し、袋をひらりと床に捨てる。卓上に無造作に置かれた鋏の隣にシュークリームを並べ置いた母に、「もし、今も好きやったら食べて」と勧められ、嶋が叱られた子どもみたいな顔でこちらを見た。

食え。

真顔で囁き、嶋からもシュークリームからも目を逸らして台所に顔を向けると、冷蔵庫の扉にジップロックの袋がいくつも磁石で留められていた。父も家で使っている馴染みの食料保存袋の中には、けれど冷凍用のカレーやシチューではなく、現金が入れられているようだった。

フレンドマート。

マツモトキヨシ。

病院。

バス。

使わない。

年季を感じるジップロックの表面には、油性マジックで大きく文字が書かれていた。用途別に分けられているらしい複数の袋の横に、紙幣が一枚、付箋を付けられ直接磁石で貼られているのに気づいたところで、母がこちらにも笑顔を向け、自分の視線を追うように台所を振り向いた。

「わすれてた」

掠《かす》れた声で言い、突然立膝をついて立ち上がると、頭頂に括《くく》り付けられた紐を引かれるような奇妙な姿勢で母が冷蔵庫に歩み寄った。まるで誰かから奪い取るように紙幣を摑み、胸に貼り付けるようにして抱くと、ほっとした様子で和室に持ち戻って来る。散らかるはずの無い生活用品やゴミで崩壊した家を、全く意に介さず跨ぎ歩く無防備な素足を呆然と見つめていると、月に一度招かれる嶋の家の夕食風景が何故か過った。生姜の効いた唐揚げや、ゆで卵の混ぜ込まれたポテトサラダ、ぬか漬け、ウィンナー、炊いた根菜。ダイニングテーブルの上に大皿で並べられたそれらの料理を、白米の入った茶碗を片手に嶋と競い合うようにして平らげていくのを、嶋の母親はいつも嬉しそうに眺めるのだった。リビングの一所《ひとところ》に重ねられた雑多な郵便物や、キッチンカウンターで行われている野菜の再生栽培が生活の温度を感じさせる、清潔に整えられた居心地のいい家だった。嶋の家なら、嶋の母なら、こんなことには決してならない。芳香剤と、鉄の匂いを帯びた溝臭《どぶ》さと、インスタント食品の饐《す》えた匂いの混ざり合った臭気が充満した部屋の中を、季節感のない他所《よそ》行きの服を身につけて近づいてくる母を見上げながら、

（なんでなん？）

堪えきれず胸を突き上げてきた絶望を、一体誰に向けたらいいのか分からなかった。

母か。自分か。かみさまか。背中を丸めてあぐらを掻いたまま、袖の中に隠した拳を手のひらに爪が食い込むほど強く握りしめていると、戻ってきた母が背筋を伸ばしたまま右足を軽く引き、真っ直ぐに正座の形に腰を下ろした。抱いていた紙幣を胸から離し、しばらく見つめてから両手に持ち替える。献花でも供えるような思い詰めた手つきで母が差し出したのは、半分に折られた一万円札だった。

「これ。こんなことしか出来なくて、ごめんね。おかあさんなのに、ごめんね」

頰を膨らませ大真面目にシュークリームを噛む嶋の前に、謝りながら紙幣が置かれるのを横目で追う。福沢諭吉の顔面に貼られた付箋に「うじひさ」と書かれているのが見えた瞬間、膨らみ切ったこめかみの血管を、目の前の鋏で切り落とされたような気がした。

こわれる。

絞り出すように思った時には、もうすでに、感覚の何もかもが壊れていた。強く握りしめていた拳の力を解き、「なあ、なんか言えよ」と半泣きで話しかけてきた嶋を無視してテーブルに手を伸ばし、シュークリームを摑んで口に入れた。見えるもの聞こえるもの、全てが偽物めいていた。偽物めいていると思わなければ、その場で叫び出してしまいそうだった。

ぜんぶ無かったことにしよう。

靄《もや》がかる頭でそう決めて、味のしないシュークリームをやるせなく飲み込んだ、あの時。母に焦がれて会いに行き、けれどそれが最初で最後となった十三歳のあの時も、ベビーベッドを激しく揺らされながら嶋が絶叫するのを聞いている今と、同じような笑いが込み上げたのではなかったか。

〈怖いのね、怖いって言って良《い》いのよオ〉

嬉々としたマザーの声に続き、部屋の出入口で大きな打撃音が上がったので首をすくめると、ベビーベッドの柵が開かれた。

「真山、お前ぜったい、どさくさに紛れて笑ってるやろ？　おい騒げやぁ、騒がへん奴はマザーに連れて行かれんねんぞ」

黙っている自分に、嶋が抗議の声を上げている。騒げって言われても。思いながら開かれた柵の向こうの暗がりに目を凝らしていると、布団のふちに十本の指が掛けられた。

〈さア泣いてるのは、どの子かな？　こわいこわいって泣いてる赤ちゃんは、誰かなア？　マザーは元気な赤ちゃんが、ダァーイスキ。可愛くってとっても良い子だから、

ツレテイッチャオウカナァァァ？〉

「えぇえ？　話、ちゃうなぁぁぁ？」

マザーの音声に嶋が腹の底から物申し、クマやリボンの飾りを爪に貼り付けた猫目スタッフの指が、布団のふちからてくてくと寄って来る。温められ縮こめられ下手くそに拘束された体が、うんざりするほど痺れていた。紐が緩んだ赤ちゃん帽子が額にずれ落ちてきたところで「まじでここ何《なん》なん」思わず所感が口をつく。特大の破裂音と共に顔面に風を浴びせられ、今日一番の悲鳴をカーテン越しに聞きながら、手に負えないほどに湧き上がってきた可笑《おか》しさに身をまかせ、声を上げてゲラゲラと笑う。

「同業やろ？」

謎の体験が終わり、足元灯の付いた部屋で布の結び目を解いてもらっていると、猫目のスタッフに耳打ちされた。

「受付ん時から思ってた。何しよん？　行きたい。あんた指名したい」

楽しそうに囁き、近づけていた顔を離し、勿体《もったい》ぶりながら胸元の結び目を解く。ごく普通の受付手続きをしたはずなのにと思い返しながら、

「おれ、会社員ですけど」

自由になった手で赤ちゃん帽子を外し、適当に折り畳んで枕元に置いた。

「カイシャインね。副業は？」

「うち副業禁止」

「ふうん。教えてくれへんのか」

「ごめんやけど、何の話？」

「わたしの本業の名刺、いる？」

「もう今日のプレイで充分です」

「何の話か分かってるやん」

「ほら。ええから早よ解《ほど》いてくれへん？」

「なんや、ずいぶんお高いな」

からかうように言い、さっきとは打って変わった慣れた手つきで、猫目が次々に結び目を解いていく。体を起こしたところでカーテンが揺れ、憔悴《しょうすい》した嶋が顔をのぞかせた。

赤ちゃん帽子を巻き付けたままなのを見て、

「いつまでかぶっとんねん」

笑いながら言い、腕を背中を大きく伸ばして体をほぐす。

クルムを出て、まだ昼を過ぎたばかりだったので、この後も時間つぶしに付き合おうかと訊いてみたけれど、早めに帰って夕食を仕込むつもりなのだと断られた。

来たバスが混んでいたので見送り、住宅地を地下鉄の駅の方角へと歩いていると、古民家を改装した日用雑貨の店の前で嶋がふと足を止めた。通りに面した窓越しに、木棚に並べられた食器や、吊るされた編み籠、お香の類が、丁寧に陳列されているのがうかがえる。

「ここ寄ってもいい？」

「ええよ。中原さんにお土産？」

「うん」

「マメやな」

「新婚さんやからな」

扉を押し開けた嶋に続いて店に入る。入口横にあったトタン素材のバケツや塵取りを見るともなく見ていると、嶋がジャムの瓶を手にして見入っている。ラベルに目を落としたまま、いつまでも動かないので不自然に感じ「それ読んだろっか？　い、ち、ご」

ふざけながら声を掛けると、嶋が気抜けした表情でこちらを見た。

「なあ。独身最後の日に、元彼に会うのってどういう心理やと思う？」

思いがけない質問に意表をつかれ、言葉に詰まった自分の代わりに、板張りの床が靴の下で音を上げた。店の扉が開き、自分たちと同年代くらいの小柄なカップルが入ってくる。嶋がジャムの瓶を棚に戻し、狭い通路を譲るように店の奥に進んだので後に続きながら、

「中原さん今日、ゼミ仲間とバーベキューとか言ってなかった？」

訊き返して、台に置かれていた馬毛の洋服ブラシを指でつつく。

「そのゼミメンバーの中に、ココちゃんが昔付き合ってた奴がおんねん」

「ああ、そういうこと。別れてからも仲良《い》いパターンか」

「そう」

「嶋って、その男と面識あるん？」

「見たことある程度。学部ちゃうかったし」

「ふうん」

「で、真山の見解は？」

「中原さん、今もそいつのことちょっと好きなんちゃう？」

「お前、ほんま容赦ないな」

靴下を眺めていた嶋が、呆れたような顔を向けて言い、衣類の棚をのろのろと離れた。手ぬぐいの果物柄をなぞり、一筆箋を意味も無くめくり、試供用のハンドクリームの蓋を開けて匂いを嗅ぎ、嶋がゆっくりと店の中を進んでいく。脈絡なくいちいち売り物を触る嶋の子どもじみた手つきに誘われるように、自分も近くの棚に手を伸ばし、一輪挿しに飾られた黄色い造花の向きを整えた。

「ココちゃん今日のことな、友達とバーベキュー行く、っておれに言ってん。ゼミの、って言わんかってん」

「うん？　ほななんで、お前メンツのこと知ってんの？」

「わざわざラインで教えてきた子がおったから」

「……それ女の子？」

「うん。ココちゃんと共通の友達。女って何考えてるんか分からんわ。そんな情報、聞きたくないし、いらんねん。もうこれ半分嫌がらせやろ」

「逆じゃない？　まあどうでもええけど」

「隠し事せえへん夫婦になろう、って言うて来たんは、ココちゃんの方やってんけどな。まぁ、あれも、おれの給料の明細とかカード履歴とか、そういうの把握するための口実やったんかもしれんけど」

「え、怖」

「なんか萎えるわ。というか正直、萎えることが続いてるわ。おれがこういうテンションでおること、向こうは絶対気づいてへんと思う。自分のことを大好きな男が、大喜びで自分と結婚すると思ってるやろ。別に間違いではないし、それで、ええねんけど」

赤ちゃん用品の並ぶ棚を虚《うつろ》に見つめる嶋に相槌を打ち、木製の机の上に並べられている干支《えと》の箸置きがひとつだけ倒れているのを見て起こしてやる。同じ机の斜向《はす》かいで、後から店に入ってきたカップルの彼女の方がシンプルなマグカップを吟味し、裏返して値段を確認していた。立つしゃもじの柄をつまみ、机の上を歩かせていた彼氏が「それ、アイミの趣味ちゃうやろ。似合わへんで」と他意のない様子で茶々を入れる。まばたき二回分ほどの間を置いて、そうかな。彼女が静かに微笑んでマグカップを置いたのを見届けたところで、いつの間にか真横に立っていた嶋が天然木の箸を手に取った。

「中学ん時にな。真山のおばちゃんの家、行ったことあるやろ?」

唐突に言われ、ついさっきまで追憶していたことを見透かされたような気がして、ぎくりとした。嶋の方に向き直り、けれど顔を見ることが出来ず、机に並べられた箸に目を移す。箸に巻かれた和紙の帯に、カエデ、クリ、ナラと、素材となった木の名前が書かれている。

「おれが真山やって勘違いされて、やのにお前、間違われたまま黙ってるから、最後までおれが真山ってことになって。小遣いまで。あんな大事なもんまで、おれが受け取ってもうて」

「……あったなぁ。そんなことも」

「おれな。怖いって思った時、何か知らんけど、あん時の真山の顔を思い出すねん。お前さぁ、ちょっとだけ笑っててんで。こう、口の端だけで。なんで笑ってるん？　ってずっと思ってた。でもあれ、どういう顔やったんか、今もしかしたら、分かるわ」

訥々《とつとつ》と話し続ける嶋の手元まで目線を上げると、箸の帯にサクラと書かれている。これ買うわ。独り言のように言いながら、嶋が同じ帯の巻かれた箸をもう一膳《ぜん》手に取り対《つい》にした。店奥のレジに真っ直ぐに向かう後ろ姿を眺めながら、「あん時」の帰り道の記憶を呼び起こす。

母のアパートを出てから、お互い無言のまま駅まで歩いた。

電車を待つホームで、意を決したように嶋がポケットに手を入れ、

「真山、これ」

そう言って差し出した一万円札を見た瞬間、ぐったりと水を含んだスポンジを思い切り踏みつけられたみたいに、どっと涙が溢れ出た。顔が歪み崩れていくのを止められなかった。俯《うつむ》いて制服の袖を強く押し付けていると、しばらくして隣から、嶋の嗚咽《おえつ》が聞こえてきた。

電車に乗っている間のことは良く覚えていない。

市内まで戻り、乗り換えのため先に降りる嶋に、

「今日のこと、忘れて」

努めてあっさりと告げ普段通りに笑いかけ、母から貰《もら》った一万円札は、駅前のコンビニですぐに使った。

あまりに心を刺してくるその紙幣を、一刻も早く手放そうとコーラのペットボトルと共にレジに置き、剝がした付箋だけはポケットに仕舞ったはずが、家に着く頃には跡形もなく消えていた。あの日を境に、嶋の母親が車で迎えに来ることも、夕食に招かれる

ことも無くなった。学年が上がり、クラスが離れても嶋との関係が変わることはなかったけれど、その後一緒に高等部を卒業することは出来なかった。父の会社の経営が傾き、私立校に通い続けることが難しくなったからだった。

「プレゼント用で」

二膳の箸の会計を終え、店員にそう伝えた嶋が、あ、と小さく声を上げて、「やっぱり自宅用で」と訂正する。店を一巡りしたカップルが、ランチの相談をしながら何も買わずに出て行った。ＢＧＭの無い小さな店内に、商品を紙袋に包むささやかな音だけが残される。窓際に置かれたガラスの器が春陽《はるび》を受けて、やわらかく透明な影を落としているのを眺めていると、胸の内で頑《かたく》なに結んでいた何かが、ひとつ解《ほど》けて行くような気がした。またお越しくださいませ。店員の声に振り向いて、箸を鞄にしまいながら戻ってきた嶋と店を出る。

「二年契約更新みたいな気持ちで籍入れたら？」

駅に向かって歩き始めたところで言うと、嶋が眉を寄せて首を傾げた。

「どういうこと？」

「いや、賃貸の契約みたいな気持ちで籍入れてもいいんちゃうって思っててん。二年暮らして、次の二年も、お互いが暮らしたいと思ったら更新して。そうやなかったら更新せえへん。嶋も、中原さんも、それを選ぶ権利はこれからもずっと対等に持ってるってい うか。一生の契約とか一生の責任とか、最初っからそんなん突きつけられたら、お互いしんどいやん」

「なにこれ。珍しく励ましてくれてるん？」

「うん」

「更新せえへん、って言うのが、真山っぽいな。更新せえへん、イコール、終了って意味やろ？　お前はいっぺん別れたら、絶対連絡取らへんもんな。何なら連絡来ても無視したりするもんな。鬼か」

「その話いま関係ある？」

「ある。おれはな、一生、恋煩いでええねん」

渡ろうとした横断歩道が赤になったので立ち止まる。片側四車線の道路に行儀よく停まっていた車が、ゆっくりと走りだす。

「今日みたいに気ぃふさいでる時の方が、ココちゃんのこと真剣に考えてると思う。どんな人なんかな、って想像してんねん。訳わからんと思っても理解したいし、暮らしたくないと思ったとしても、その気持ちを更新したい。おれが好きでいることを、ココちゃんに喜んでもらいたいねん。上手くいってる時って、安心してしまうっていうか、そういうのすぐ忘れてまうから。ただの恋より、煩ってるくらいの方が、結果自分の好きな人を支えるんかもって思う」

歩行者用の信号機を見つめながら、日向で眠る大型動物のような長閑《のどか》さで嶋が言う。

交差点に降り注ぐ、三月とは思えないほどの力強い日差しに思わず目を細めると、パステルブルーの軽自動車が通り過ぎた。中央分離帯に青々とそびえる街路樹の向こう、対岸の歩道を、自転車の前にも後ろにも眠った子どもを乗せた母親がゆっくりと漕ぎ進み、日傘を差した初老の男が、散歩をさせているプードルに日陰を作りながら歩いて行く。長い横断歩道の先に建つコンビニから、制服を着た男子生徒が笑い転げながら出て来るのを眺めながら、熱の籠《こも》ったスウェットの袖を引き上げた。

「拗《こじ》らしすぎやろ」

「羨ましいやろ？」

「うん、ちょっと」

「ココちゃんの元彼ってな、真山に雰囲気似てんねん」

「へえ」

「やから嫌やねん。何でよりによってお前みたいなやつ」

「どういう意味。失礼やな」

流れていた車が減速し始めたので見上げると、右車線だけを進行させる矢印を残して、信号が変わっていた。信号機の上に鳩が一羽留《と》まっているのを見て、なぜか帰宅した嶋が台所でひとり、日の高いうちから料理をしているところが思い浮かぶ。想像の中の嶋はエプロンの代わりに、白いレースの赤ちゃん帽子をかぶっている。

「晩飯なに作るん?」

頭に何も被っていないことを確かめるように隣を見ると、

「鍋」

即答しながら、嶋もこちらに向き直る。

「このクソ暑い日に鍋か」

「鍋しか作られへん」

「ていうか、バーベキューって食い続けるやん。中原さん帰って来ても腹一杯なんちゃうん」

「いや、今日は晩飯一緒に食べたいって伝えてるから。おなか空《あ》けて帰ってきて、おれが作ったもんいっぱい食べてくれると思う。ココちゃんは、そういう人やねん」

知らない男のような顔で嶋が笑うと、歩行者用の信号機が青になった。自分たちと同じく信号を待っていた人々が、それぞれの歩調で進み出す。横断歩道を渡りながら腕を捲《まく》り上げているのを見て、「お幸せに」と声を掛けると、咳込むように嶋が破顔した。

「真山に言われんの変な感じするわ」

「言ったほうも、変な感じしたわ」

「ご丁寧にどうも」

「どういたしまして」

「おれなぁ、大丈夫やで。今がいちばん幸せかも」

臆せず言って、嶋が自分よりも半歩先に横断歩道を渡り切る。

地下鉄の駅から京都駅に向かう電車に乗り、先に降りる嶋をいつかのように見送った。ドア横に凭《もた》れ掛かり、向かいのモニターを眺め見る。表示される駅名が移り変わって行くのを読み流し、切実と呼ぶには勢いを無くした小さな灯《ともしび》に呼ばれるように、ポケットからスマホを取り出した。TVerのアプリを立ち上げる。繰り返し視聴した動画から和菓子屋の店名を確認し、今いる場所から店までの経路を、Googleマップで検索する。

駅からいくらも歩かない、土産物屋や茶屋が立ち並ぶ観光地として整備された一角に、和菓子屋は店を構えていた。

TVerで見たのと同じ外観の店を数軒先に認めたところでスマホを仕舞い、歩みを緩めながら通りの端を進んで、ガラス張りの和菓子屋の手前で立ち止まる。遠巻きに様子を窺うと、店先には周年を祝う花がいくつも飾られ、外ガラスにはテレビで紹介されたことを知らせるA4サイズの印刷紙が貼られていた。テレビの効果なのか、店内は両手で数えきれないほどの客たちで賑わいを見せている。ゆっくりと歩を進め、店の奥まで見える角度に来たところで自動ドアが大きく開いた。店名が印字された小さな紙袋をそれぞれ腕に通した外国人観光客が楽しそうに外に出て来た、その後方、出入口に向かい合うように配置されたカウンターケースの内側に、TVerで見たのと同じ笑顔で接客をする店員の姿がある。

居《お》る。

思った瞬間、心臓が大きく打ち、反射的に体が強張《こわば》った。足を止め、生きて動いている母の姿を信じられない気持ちで遠目に見る。自動ドアがゆっくりと閉まると、和菓子屋のガラスに自分の姿が淡く映った。ポケットに手を入れて不安げに突っ立っているのは、母の喉元ほどの背丈しか無かった十三歳の頃とは似ても似つかない、長身であることだけが特徴的な、どこにでもいそうな三十代の男だった。

(向こうは、分からへんやろ)

保険をかけるように思い、ポケットから手を出して入店する。

床に養生テープを貼ることで簡易的に作られた、購入するための列枠に沿って並んだ。カウンターケースから顔を逸らし、新商品のポスターを眺めながら、緊張を逃すように深く息を吐く。接客を担当している二人の店員のうち、母の声が耳に届くたびに胸騒ぎを起こす心を鎮めていると、思いの外《ほか》進みの速い列は前に並ぶ客を次々に減らして、あっという間に自分の番がやってきた。

「いらっしゃいませ、次の方どうぞ」

昔と変わらない声で呼ばれ、ひときわ高く鳴った臓器の軟弱さに苦笑しながら、逸らし続けていた顔を母に向ける。控えめに化粧を施し、耳の高さで黒髪を整えている母の、くっきりとした目元はその下に年齢相当の隈《くま》を作り、贅肉のない頬には瘦《こ》けた影があったけれど、その表情は十八年前に会った時よりもずっと健やかに綻《ほころ》んでいた。カウンターに進み出ながら、穏やかに接客する母を正面から見つめて、

……治ったん？

心の中で話しかけると、喉の奥が強く締め付けられ、理由もなく笑みがこぼれた。こちらの注文を待って笑顔を向けていた母が、愛想よく細めていた目をふと開く。推し量るように無言で見つめ返す母に、

「テレビで見て」

小さく言って口を結び、目を合わせていられずに俯いた。誤魔化すようにカウンターケースの上段に陳列されている新商品を指で差し「この、ちっちゃい八ツ橋を」視線を落としたまま言い、すっかり怖気《おじけ》付いてしまったので宇治として顔を上げる。初めて会う客に向けるような対外的な親切さを纏《まと》って笑み返すと、相手の顔から疑心が解消されたのが見て取れた。こちらに近寄りかけていた母の気配が散る。

「あ。テレビで見はったの？」

「はい」

「わぁ、ありがとうございます。小さくて可愛らしいでしょう。お幾つご用意します？」

「えっと。一つ、やなくて、やっぱ二つ」

「はぁい、かしこまりました」

すっかり店員の顔つきに戻った母が、取り出した小箱をカウンターケースの上に重ね置く。自動ドアが開いては閉じ、途切れなく客の訪れる店に満ちたざわめきの中で、母が軽快にレジを打つ姿を見ることが出来て嬉しかった。何かを打ち間違えたらしく、眉間に皺を寄せながら、今度は慎重に打ち始めた、その様子を見ることが出来たのも嬉しかった。財布を取り出し、味わったことのないような安寧《あんねい》に包まれながら、金額が告げられるのを待つ。

あの時、どうすれば自分だと分かってもらえたのか、どうすれば分かってもらいたいと伝えることが出来たのか、どうすれば「正解」だったのかを、ずっと考え続けてきた。何度消しても心寂《うらさび》しくわだかまった、それらもけれど、もうどうでも良かった。自分の暮らす街と地続きにつながるこの町で、今、母が健やかに過ごしている。それだけで何もかもが救われたような気持ちがした。

「千百円です」

無事にレジを開いて母が言う。綺麗で、明るい声だった。現金で支払い、釣りを返され、商品の入れられた紙袋を渡される。

「またお待ちしてますね」

笑いかけられながら受け取ると、

「また来ます」

と、言葉が自然に口から出た。頭を下げ合ってカウンターを離れ、次の客を呼ぶ声を背中に聞く。心が少しずつ軽くなって行くのを感じながら、振り返ることも無く店を出る。

賑わう仲見世を、人の流れに沿って川へと向かった。

ちぎれながら浮かぶ春の雲を鏡のように広々と映す、凪《な》いだ川面《かわも》を眺めながら、遊歩道を駅の方面へと進んで行く。川に向かって枝を伸ばす桜がどれも、びっしりと蕾《つぼみ》をつけていた。

(もう咲きそうや)

思いながら桜並木を見上げると、前から歩いて来た老夫婦がすれ違い様、焼肉の香ばしい煙の匂いを残して歩き去る。急激に空腹を感じ、昼を食べそこねていたことを思い出した。川沿いに置かれたベンチで茶団子を食べている親子が目に入り、その隣の空いているベンチに腰を下ろす。

小箱を開いてみると、親指の爪ほどの八ツ橋が並んでいた。まるで飯事《ままごと》のような三角折りの菓子を摘んで口に入れる。ニッキが香り、嚙んだ生地の中には嘘みたいに、餡《あん》がきちんと入っている。

何でも小ちゃくして食べさせたなぁって、急に懐かしくなって。

TVerで語られていたエピソードを思い出しながら、八ツ橋を飲み込んだ。小さくした食べ物を母から与えられた記憶は無く、母と過ごしていた「氏久」のことを、自分は何も覚えていない。茫漠《ぼうばく》と流れゆく川を前に、自分にとっては懐かしくも何ともない二つ目の八ツ橋を食べ、三つ目の八ツ橋も食べる。まどろこしくなり、残りをひとまとめに摘んだところで、隣のベンチから笑い声が上がった。

さっき見た親子が茶団子を食べ終え、遊び始めたらしかった。

頰を緩ませる若い母親の左袖を捲りながら、こちらに向けた背中を子どもが楽しそうに揺らしている。こしょばいわぁ。母親が言うと、腕に口を押し付けた子どもが思い切り息を吹き込んだ。プウゥと間の抜けた音が上がり、大喜びで笑い崩れた子どもを愛おしそうに見つめながら、降り注ぐ日の下《もと》で、咲き誇るように母親が笑っている。ふっく

らした短い腕を摑み返され口づけられ、同じように息を吹き込まれている幸せそうな子どもを見つめながら、

（あの子も、今日のこともたぶん、忘れるんやろうな）

何の気なしに思った瞬間、八ツ橋をまとめ持つ手が止まった。いま自分の目の前で繰り広げられている営みを、あの年齢の子どもはきっと覚えていられない。だから忘れる。忘れたくないとも思わずに、当然のように忘れ去る。幼児期の記憶など、誰にとってもそういうものだ。それは欠落ではなく、ましてや喪失などでも決してなく、ありきたりな忘却だ。そんなことは自明であるのに、ひとつひとつ言葉にしていくことで、まるで初めて知覚するように脳が痺れた。切なさが脊髄を伝い降りてくるのを感じながら、隣のベンチを眺め見る。何の変哲もない春の午後の中で、ベンチに並び座った親子は互いの体に繰り返し息を吹き込みながら、あまりにも伸びやかに愛し合っている。

もしかしたら、おれも、そうやったかもな？

誰に知られる訳でもないのに、知られたところで誰に責められる訳でもないのに、誰にも気づかれないような細《さざ》やかさで、慎重にそう仮定した。子どもが靴を脱ぎ捨てて、ベンチの上に膝立ちになる。笑いながら母親に抱きついた後ろ姿に、幼少の頃の自分の

姿をこっそりと重ね合わせると、抱きつかれた母親が当たり前のように子どもの体を抱き返した。

「きょう、あったかいなぁ」

気持ちよさそうに言いながら、自身の頬を小さな頭に埋《うず》め、母親が安穏と目を瞑《つむ》る。その表情を、まるで懐かしむような気持ちで眺めていると、なぜか自分の隣にも誰かが並び座っているような錯覚に陥った。親子に向けていた顔を、ゆっくりと振り向ける。これから腰を掛ける人を祝福するみたいに、ベンチの空席を春の光が温めている。

こんなふうに、自由に信じたらよかったんや。

思いながら手元に目を落とした。たとえ覚えが無かったとしても、「仮定」に対する一つの「結論」であることには違いないだろう八ツ橋を、穏やかな気持ちで口の中に放り込む。ニッキが放つ冷たい辛みが鼻に抜け、けれどすぐに散り消えて、舌の上で甘やかに香り出す。

願いたいんやったら、願ったらいいだけ。

叶わんくても、叶えたいと望んでしまうんやったら、何遍《なんべん》でも求めたらいいだけ。

それだけのことだったと不意に思い、肩の力がすっと抜けた。選ばれない自分を蔑《さげす》んだり、思わぬ場所に行き着いたと諦めたりする代わりに、信じたいと思うものを、ただ信じていたらそれでよかった。自分が母から愛されているということも、憧れの中にある偽物みたいな自分らしさも、いつか「ほんまのこと」にしたいと祈りながら、素直に足掻《あが》けばよかったのだ。しっかりと噛んで食べるような菓子でもない、八ツ橋をあっという間に飲み込んで、

「金《かね》、本気で返そう」

唐突に思い立って呟いた。

完済までと期限を設けて就きながらも、案外馴染んで金にも時間にも頓着《とんちゃく》しなくなっていたセラピストという職を思い、コロナ禍に自主退職で手放した前職のことを思う。前職は強く希望して入社した訳では無く、業種に対する適性も恐らく無かった。それなのに忘れられずにいることを、もう一度と思いを馳せてしまうことを、どう受け止めたらいいのかは分からない。別に今はそれでいい、真剣に金を返し、まずは「宇治」をきちんと終わらせようと思った。

空《から》になった小箱に蓋をする。

安価で小さな菓子を一つだけ買うのが憚《はばか》られ二つと口走ったけれど、腹を満たすよう

な代物ではないので一つ食べればもう充分だった。スマホを取り出し、昼から開いている焼肉屋を検索しかけて指を止める。店舗情報の中に表示されている、昔は気にしてよく見ていた価格帯を久しぶりにじっと見つめ、

（乗換の時に、駅ん中で蕎麦でも食うか）

思いながら画面を消してスマホを仕舞った。笑う子どもを仰向けに寝かせ、Tシャツをめくり上げ、丸い腹にぶうぶうと息を吹き始めた母親を横目にベンチを立つ。遊歩道に戻って歩き、平等院に向かっているのだろう人たちと、次々にすれ違う。

また来ます。

遊歩道の脇に立つ、寺院と駅の方角を知らせる道標を見ながら、自分自身に言い聞かせるように復唱して駅に向かう。

「ほんまに、わたしがもらってええの？」

バスローブをきっちりと着込み、崩れた正座で不安げに座り込むトヨトミさんから、真剣なまなざしを向けられて笑った。

「ごめん、それ結婚指輪とかちゃうで」

「そんなん分かってます」

「ちっちゃい八ツ橋やねん。可愛いからあげる」

わざと主語を抜かして言うと、案の定トヨトミさんがハッとしたような表情をこちらに向け「……ああ、八ツ橋がな？」と、勘違いしたことを自白《じはく》するように独り言《ご》ちた。

クルムの話題で、百二十分コースの最後の十分間を消化していたところだった。

トヨトミさんに見せている「宇治」が嶋の性格に近しいので、施設での体験内容は嶋の言動を自分ごとのように話し、場所を曖昧にしながら川沿いを歩いたことを話し、京都土産だと言って八ツ橋の小箱を渡した。碗の形に重ねた両手の中に、トヨトミさんが再び目を落としたのを見て、ベッドサイドのデジタル時計を確認する。視線を戻し、小動物の手乗り体験でもしているように小箱を見つめているトヨトミさんに、

「開けてみて。オモチャみたいやから」

声を掛けて促すと、頷いて紐を解き始めた。

三日前に買った八ツ橋は、紙袋に入れたまま帰宅後にサイドボードに置き、その存在を忘れかけていた。今日になって出際に気づき、（あの人やったら何でも喜んで受け取ってくれそうや）と紙袋ごと鞄に入れた小箱に、トヨトミさんは本当に、まんまと痛み

入った様子で蓋を慎重に開けている。現れた小さな菓子に言葉も失くし、口元をやわらかく引き締めたトヨトミさんを見て、若干の後ろめたさが胸に湧いた。

「それ、余分に買い過ぎてもうたやつで」

思わず白状すると、トヨトミさんがこちらを見て「ん？」と眉を上げる。

「自分で食い切れんから持ってきただけやねん。やから、気軽に受け取ってな。ここで食うて、箱捨ててもらってもいいくらい」

「ええ？　そんなことする訳ないやん」

宥《なだ》めるように言い、表情を緩めたトヨトミさんが、小箱と蓋を握りしめる。

「嬉しいよ。シルバニアファミリーみたいや。小ちゃくてかわいい。嬉しい」

緊張を滲ませながら辿々《たどたど》しく言い、さっと俯いて大切そうに蓋を閉める。落ちてきた髪を耳に掛けているのを見て、安堵と疼痛の入り混じったような感覚に胸が閊《つか》えた。デジタル時計を再度確認し、もう終わりか。思いながら胡座の前に片手をついて前傾し、正面に座るトヨトミさんとの距離を半分ほどに詰める。

「なんか、チューしたなってきた。してもいい？」

無邪気さを装ってにっこり言う。会話を切り上げる必要のある時に、多用している台詞だった。目を丸くして「えっ、あかん」トヨトミさんが手で口元に触れたのを見て「そこにはせえへん」と体勢を戻して微笑む。

カウンセリングでキスはしないように希望され、以来それを守っていた。

初回の利用時、待ち合わせに指定されたホテルの展望ラウンジで、微動だにせず夜景を見ていたトヨトミさんを思い出す。癖の無い肩までの髪にベージュのセーターを着た、百万人ほどいそうなありふれた後ろ姿の向こう、街に空いた暗い穴のような公園の中で、大阪城が白々と光っていた。

年の瀬で、稼働時間の全てが連日予約で埋まっていた時期だった。

飛び込みで入ったトヨトミさんのような新規の客を、だから自分が担当したのは偶然としか言いようがない。近くのホテルで同時刻に入っていた予約をキャンセルされ、それを事務所に報告すると、

「ちょうど良かった、未経験のお客さんから予約貰ったとこやねん。あんたなら安心やわ行って来て」

電話口の女性スタッフが、きびきびと差配した。

息をしているかも疑わしくなるほど身を固くしていたトヨトミさんはあの日、しっか

りと酒の匂いをさせていた。それなりに酔っているだろうと踏み、定石通り丁寧に行えば充分だと油断しかけたところ、話し始めると案外正気だったトヨトミさんのカウンセリングを進めるうち（これ難しいやつや）と気を引き締めざるを得なくなった。定番のコースを利用し、目立った要求も反応もなく基本は全て委ねた上で壁を作り、自分と距離を置こうとする客は正直に言うとやりにくい。摑み所が分からないせいで「宇治」が上手く定まらず、ぶれたところから「氏久」が覗いてしまうのだ。それは自分にとって、何より消耗することだった。

口元に当てられていたトヨトミさんの手が、八ツ橋の小箱の上にゆっくりと戻される。

「ああ。そうやんな。よかった」

納得したように言われて、脱力した。目も合わさず、ひとりで頷き始めたトヨトミさんを眺めながら唖然とし、

（よかった、って何やねん）

ようやく思った瞬間、勢いよく吹き出してしまった。

「ちょっと。なんか今の地味に傷ついたわ」

「え」

「実はおれのこと、生理的にあかんかったり？」

「ん？　なんで？」

「ええけどね」

「え、なんでよ待って。ちゃうで。ちゃうよ？　それは逆やで。ああ逆って言うのもなんか恥ずかしいけども。あの。だって、キス、って特別な感じするやん。やから申し訳なくて。さんざん色んなことしてもらってる人間が、こんなん言うのも変やけど。でも、宇治にとっても、大事なんちゃうの？　知らんけど。こんなこと言うたらまた、処女くさいとか、思われるかもしれんけど」

気を動転させながら喋くるトヨトミさんを見て、あまりに歳に見合わない純朴さに（やばいな、幾つなん？）と堪えきれず、顔を覆い声を立てて笑う。

「ちょっと来て」

ひとしきり笑ってから、笑われた理由を図りかねている様子のトヨトミさんを招き寄せた。月に一度の頻度で予約を入れている彼女を定例通りに抱きしめて、

（来月も予約してな）

念じながら、四回目の利用に繋がるよう、こわばる頬に丁寧にくちびるもつけておく。

驚いて僅《わず》かに肩がすくめられたのを感じ、衝動的に思い切り息を吹き込むと、「えっ」と小さく漏れた声に自分の目尻が下がったのが分かった。いつもの慎ましい音を鳴らして顔を離す。ぽかんとしたままトヨトミさんが頬に手のひらを当てて、子どもみたいに笑い出す。

このひと、本名なんちゃうかな。

笑い合いながら、馬鹿正直なトヨトミさんの、登録名を思い浮かべる。

風俗の利用時に客自身が設定する登録名ではなく、好みの特徴、決まった予約時間、初回利用で印象的だった風景などを「トヨトミ」のような愛称にして客と結びつけるのは、客の名前を整理し、客の顔を忘れにくくするためのコツみたいなものだった。

「ありがとう」

全員にそうするように改まって礼を述べ、百二十分が終わったので、ベッドから降りて身支度をする。

ホテルを出て、暮れなずむ公園の広い歩道を、コンビニの袋を手に歩いた。

次の予約の待ち合わせが公園の反対側に位置する駅だったので、徒歩で向かいつつ、途中で腹に何か入れて行くつもりだった。春宵の風を受けながら、桜祭りに華やいだ屋台のある通りを抜ける。外堀も内堀も越え、腰を下ろす場所を探して本丸広場に出ると、夕闇の中で枝垂《しだ》れ桜が花をつけていた。

(これはもう、咲いてるんや)

思いながら足を止める。色のある照明の中で妖艶に咲く花を、しばらく見上げてからスマホを取り出し、柄にもなく写真を撮った。画面を確認すると、群青の空を背景に流れ落ちるような桜の赤紫が、観光協会のポスターのように美しい。

おくりたい。

画像を見るうち、抱《いだ》いたことの無い欲求が胸の中にふと湧いた。この画像を、誰かに送ってみたいと思った。送りたいと思った、この衝動を、誰かに受け止めてもらいたかった。スマホ画面の枝垂れ桜を見つめる目が、蕾の桜並木を思い出し、和菓子屋の店先に飾られていた大小さまざまな祝花《いわいばな》を思い出す。

何かに背中を押されるように、Amazon のアプリを立ち上げ、「花」と打ち込んで検索した。

雑多に商品が表示されたので画面上部の「花束」のタブを押し、検索をかけ直してみたけれど、無限に表示される花束の中から何を選べばいいのか見当もつかない。

結局最初のページに戻り「ベストセラー」と書かれた商品をタップした。季節の花とカーネーションが束ねられた商品をカートに移し、届け先住所に和菓子屋の所在地を入力し、母の名前を打ち込んでいく。

元気でね。

前触れなく母の声が耳の奥で響くと、あの日と同じ目眩がした。アパートの部屋を出て、階段を下りていく自分たちを呼び止めた母が、真っ直ぐに嶋を見つめながら最後に掛けた言葉だった。

「元気でね」は、他愛のない挨拶に過ぎない。

頭では分かっているのに、触れるたびに胸を締め付けられて、自分は今も、口にすることが出来ないでいる。スマホの画面が霞んだので目をこすり、届け先情報を登録する。ギフトの設定、と書かれた見慣れない項目を開くと、定型のメッセージと共に「真山氏久」と本名が表示されていた。メッセージと差出人の名前を編集すれば、相手に送ることが出来るらしかった。設定画面をしばらく見つめ、

〈げんき〉

試すようにそこまで打ち込んでふっと笑い、メッセージを全て消す。

あれから十八年が経っているのに、今も変わらず傷をつくる言葉だった。口に出せないのに、打ちのめされてしまうのに、いつまでも手放すことが出来ない、どうしようもない言葉なのだった。

だから、いつか。

思いながらギフトの設定をオフにして、メッセージも名前も画面から消えたことを確認する。匿名で届くように配送準備を全て調えたところで、気配を感じて視線を上げると、いつの間にか大阪城がライトアップされていた。

嬉しいよ。と笑ったトヨトミさんの優しい笑顔がふと視界に重なり、

「ありがとう」

誰に向けて呟いたのかは分からないまま、転職が叶うまでは会いに行くことの無いだろう母に、ゼログラムの花束を送信する。

「大阪城は五センチ」はｎｏｔｅ掲載の原稿を単行本化にあたり加筆修正したものです。

「ゼログラムの花束」は書き下ろしです。

青山ヱリ（あおやま・えり）
一九八五年生まれ。大阪府出身。
創作大賞二〇二四（ｎｏｔｅ主催）にて
朝日新聞出版賞を受賞。
note　https://note.com/aoyama_eri

装画　水嶋みず
装丁　鈴木久美

あなたの四月《しがつ》を知《し》らないから

二〇二五年四月三十日　第一刷発行

著　者　青山ヱリ
発行者　宇都宮健太朗
発行所　朝日新聞出版
〒一〇四―八〇一一　東京都中央区築地五―三―二
電話　〇三―五五四一―八八三二（編集）
〇三―五五四〇―七七九三（販売）

印刷製本　株式会社　シナノグラフィックス

©2025 Eri Aoyama
Published in Japan by Asahi Shimbun Publications Inc.
ISBN978-4-02-252052-4

定価はカバーに表示してあります。
落丁・乱丁の場合は弊社業務部（電話〇三―五五四〇―七八〇〇）へ
ご連絡ください。送料弊社負担にてお取り替えいたします。